村上春樹のせいで

どこまでも
自分のスタイルで
生きていくこと

イム・キョンソン 著
渡辺 奈緒子 訳

季節社
KISETSU-SHA

どうすれば本当の自分として生きていくことができるのだろう

はじめに――人と人との望ましいありかた

カフカ少年が十五で家出をしたとしたら、十五の私は村上春樹に出会った。そのころ私は日本のある高校に通っていた。そこはいわゆる在日コリアンのための民族学校で、授業はすべて日本語だけれど、韓国の歴史と言語、そして文化を教えるところだった。幼いころは日本に住んでいて、その後いくつかの国を転々とした私は、日本の高校に転校するにあたってまた一から日本語を学び直さなければならなかった。苦労したけれど、そういう運命なのだろうと思った。

転校した学校は民団[1]系の学校だったが、なかには総連[2]系の子たちも交ざっていた。自転車で通学するときには近くにある朝鮮学校に通うチマ・チョゴリの制服姿の学生たちに遭遇することもあった。お互いを意識しながらも、ただ通り過ぎる関係。怖かったかって？　あの場所では韓国と北朝鮮の区分はあまり意味がなかった。ただ私の学校の場合は修学旅行で韓国に行くときに総連系の子たちの入国が認められなくて、一緒に行けなかったことが心残りだという程度のこと。

制服を着て、自転車に乗って、髪にリボンをつけて、三角関数や微分積分と格闘していた一九八七年、生意気な十五歳の高校二年生になった年、私は偶然村上春樹の『ノルウェイの森』を手に取った。

真っ赤な表紙のその本を親に隠れて毎晩少しずつ読み進めた。赤裸々なセックスの場面が出てくると恥ずかしくて下っ腹がこそばゆくなったりもした。こうして私は村上春樹の小説に出会った。

それから長い歳月が流れた。その間、私は大学に行って恋をして、大学院で勉強するふりをして、職場で人間と仕事を知り、一人の男に出会って愛を誓い、今は一人の女の子の母親であり、ものを書く作家になっている。その間に起きた無数の出来事も、今ではもう陽炎のようにぼんやりとしている。

それでもはっきりと覚えているのは、その日々の時には悲しく、つらく、嬉しく、息の詰まるようなすべての瞬間を、村上春樹の文章に慰められ、支えられながら生きてきたという事実だ。私はもともとドライな人間で、何かにどっぷりはまったり、すがったり、何かを収集したりすることとはほとんど縁のない人生を送ってきた。どちらかというと心変わりが激しくて、何にでもすぐに飽きてしまうほうなのだ。ただ不思議なことに、村上春樹という作家にだけは今このときまで深く魅了されつづけている。

それはひとえに、彼が長い間たゆまず誠実に小説を書き続けてきてくれたからなのだ。読者を見つめる彼の視線も、いつのときも変わらず温かく、そして淡白だ。

〝三十年書きつづけてきて、三十年前の本がいまも新しい読者の手に取られ、読まれつづけている。

そのことがなにより僕の支えになっています。（中略）どんな賞をもらおうが、勲章をもらおうが、そんなものは要するに人為的なものです。ただ上から与えられるものです。自然のものではない。読者が待ってくれているという確かな感触くらい、作家にとって大事なものはない。〟[3]

彼にとって何より意味のあることが自分の書きたいものを書くことだとすれば、彼の読者にとって何より意味のあることは彼の書いたものを待つということだろう。私という人間にとって作家村上春樹がもう少し特別な意味を持っているのは、至らない才能でものを書いて行き詰まったとき、彼の存在が私にまた立ち上がって歩み出す力を与え、「より良い自分になろう」という人間本来の善意を持たせてくれるからなのだ。それは人と人の関係において、とても望ましいことではないかと思う。

この本はこれまでに私が書いてきたどんな本とも文体と調子が違う。この本に込められているものは、本当に大切で意味のあるものを丁寧に扱おうとする謙虚な心に似ているはずだ。そういう意味で、この本を手にとってくれるみなさんは、私のいちばん深い心のなかを垣間見て、理解してくださることと信じている。

この本を通して私はあらためて村上春樹からインスピレーションを受け、私自身の人生を振り返ることになった。彼に心から深く感謝していた私にできたことといえば、彼を目指してこつこつ誠実に本を書くことしかなかった。

なぜ作家村上春樹について書いたのかと誰かに尋ねられたとしたら、私は「ただそうしなければならなかったから、そして、どうしてもそうしたかったから」と答えるだろう。大袈裟に聞こえるかもしれないが、これは私の人生の必然的な手順だったのだ。

二〇一五年十月

イム・キョンソン

日本語版のための序文

韓国で「村上春樹さんが最愛の作家だ」と言うにはちょっとした勇気がいる。歴史と政治における日韓関係の難しさがあるから、ある程度、仕方ないと思う。だけど一人の個人としては、はっきりと言える。三十年間ずっと一番好きな作家であったというだけでなく、彼の影響で自分は物書きになったのだと。まさに村上さんは、国家に属する国民としてではなく、どこまでも個人として生きることの大切さを世界の読者たちに教えてくれた。[4] こうした価値観は今のような国際情勢においてこそ重要である気がする。

たしかこの本の前身となる『春樹とノルウェイの森を歩く』の原稿を最初に書きあげた二〇〇六年、私は村上春樹さんの事務所に連絡を取って「実はこういった本を書いているんですが大丈夫でしょうか?」とアシスタントさんへ聞いたことがある。その返信を貰うまでどんなに緊張していたか、今でも生々しく思い出す。もし問題があるならやめようと心に決めていた。自分に関しての本をあまり好まないと聞いていたからだ。しかし次の日、アシスタントさんはとても明るい声で電話をかけてくれた。「村上さんがＯＫと言ってました。それから貴方と貴方の本の幸運を祈る、と言ってましたよ。」とても嬉しかったし、それから作家としてやっていくうえでの大きな励みとなった。

個人的に大きな意味があるこの本の日本語版が出ることになって素直にとても嬉しい。それを可能にしてくれた翻訳家の渡辺奈緒子さんと季節社さんに深く感謝する。そして、とても苦しいコロナ禍の中、どうか日本の読者の皆様が健康で平穏な日常を過ごせますようにと祈るばかりである。

イム・キョンソン

二〇二〇年八月　ソウルにて

目次

私のなかの未知なる場所——作家の成長

すべての結果には理由がある

ニューヨーク、二〇〇五年

アメリカ、マサチューセッツ州ケンブリッジ、ハーバードスクエアのファーストパリッシュ教会礼拝堂に八〇〇人あまりの人がぎっしりと座り息を殺している。みな目を輝かせ、ある作家の講演に耳を傾けている。シャイなことで有名なこの日本人作家、村上春樹は、ハーバード大学ライシャワー日本学研究所の客員作家だ。彼はハーバード大学で執筆もして、時おりこのような講演も行っている。村上春樹の講演会が決まると、学生や近隣の住民たちはまるで有名歌手のコンサートの知らせを聞いたかのように興奮を隠せない。期待に胸を膨らませて集まった聴衆と作家との間には、厳粛でありながらも親密な空気が漂っている。作家、村上春樹は、創作と小説についての自身の考えをゆっくり慎重に英語で語っている。

〝小説を書くということは、忍耐のいる過程です。物語のたねは私の中の深いところにあり、そこまで井戸を掘るように入り込んでいかなければなりません。そこはとても暗い場所です。しかし、深く掘っていけばいくほど、そして長い時間その深い場所に留まっているほど、私の小説は強くなることができます。なので私はいつも作品を書くたびに、もう一層深いところまで行こうと努力しています。〟[5]

ニューヨーク、一九九四年

一九九四年、ニューヨークの由緒あるアルゴンキンホテル。ここはニューヨークでもっとも長い歴史をもつホテルで、一九二〇年代前後にアメリカの著名作家たちが、アルゴンキン・ラウンド・テーブルという文芸サロンを開いた場所として伝説的なオーラを放っている。その名声にふさわしく、マチルダという白いペルシャ猫をロビーで飼っているとても独特なホテルでもある。このホテルの「ブルーバー」で、今小さなカクテルパーティーが開かれている。十人あまりの主賓たちはみな『ニューヨーカー』のおなじみ作家たちで、その中に一人の東洋人がいる。村上春樹である。

『ニューヨーカー』は今回の号で「ニューヨーカーの作家たち」という特集を組み、十人あまりの精鋭作家たちをひとつのスタジオに招集した。そして、著名な人物写真家であるリチャード・アヴェドンによって彼らの団体写真が撮影された。アルゴンキンホテルのカクテルパーティーは、写真撮影を無事に終えた後の小さな打ち上げパーティーなのだ。カクテルを手に集まった作家たちの間には、同質感と親しみが漂っている。

『ニューヨーカー』を貪るように読んできた村上春樹は感激で胸がいっぱいだった。彼にとっては夢のような出来事なのだ。自分がまだ熱心な読者の一人だった頃、感嘆しながら読んだ作品を書いた作家たちと今カクテルを手に語り合っているのだから。それも同じ作家という立場で。

十五の頃、胸の張り裂けるような感動を与えてくれたジョン・アップダイクが静かに歩み寄ってきて村上春樹に声をかける。

「きみの作品はいつも読んでいるよ。どの作品も本当にすばらしい。」

村上春樹はその瞬間、十五歳の少年に戻ってしまう。社交辞令だとしても構わない。ただこの瞬間、「いろいろきついこともあったけど、こつこつがんばってやってきてよかったな」[6]としみじみ実感する。

彼は英語版の短編集『象の消滅 *The Elephant Vanishes*』を通して、その日の輝いていた瞬間を思い浮かべる。もっとも熾烈に生きていた頃、彼が熱狂的に愛した雑誌『ニューヨーカー』が与えてくれた「最高の作家」という称号は、彼を本当に幸せな気持ちにさせてくれた。この世を生きていくことはこれだからおもしろく、そして不可思議だ。

東京、一九七九年

よく晴れた春の日曜日、昼どきに電話のベルが大きく鳴り響いた。前の晩、遅くまで店に出ていた村上春樹は深い眠りについていた。妻の村上陽子が代わりに電話に出た。

「はい、村上です。」

文芸誌『群像』の編集者からだった。夫、春樹の作品が群像新人文学賞の最終候補の五作品のひとつに選ばれたという知らせだ。陽子は寝ていた夫を揺り起こす。寝ぼけ眼で電話に出た村上春樹は、応募したことさえも忘れ忙しく過ごしていたので、突然の知らせがこの上なく嬉しかった。予想すらしなかった出来事だったからだ。

眠気もすっかり覚めてしまった。少し浮かれた気分で、村上春樹は服を着替え、散歩に出た。ちょうど散歩するのにぴったりの天気だった。すがすがしく晴れた日曜日の午後。

村上春樹は自身が経営しているジャズ喫茶「ピーター・キャット」と自宅の間にある千駄ヶ谷駅あたりから原宿の方に向かってゆっくりと歩き出した。ところが、散歩の途中、千駄ヶ谷小学校の近くで翼に傷を負った鳩が地面に倒れているのを発見する。バタバタする鳩の足には小さな金属の輪っかがついていて、そこに飼い主の連絡先が書いてあった。だれかの伝書鳩らしい。

幼い頃から動物が好きだった春樹は可哀想な鳩を放っておけず、そっと抱きあげて交番に向かった。財布や傘などの忘れ物と同じように決まりどおりきちんと紛失届を出す。翼に傷を負った鳩は決してよくある忘れ物ではないが、彼にはそれが特別おかしなことには思えない。それよりも、むしろ今自分に起こっていることのほうがよほど不思議だったのかもしれない。

鳩を警官に引き渡して交番を出たあと、村上春樹はふいに「僕はきっと新人賞をとることになるだろう」と感じた。自分の作品が新人賞に選ばれ、それによって自分の人生が大きく変わっていくという妙な確信があった。

ずいぶん唐突に聞こえるかもしれないが、彼には本当にそういう確信があったのだ。だから、いざ自分が四人のライバルを押しのけて新人賞をとったと聞いたときも、そう驚きはしなかった。ただ静かに喜びを噛みしめただけだった。

神戸、一九六四年

神戸高校一年生の村上春樹は、港近くの古本屋に通い詰めている。西洋との往来が盛んな神戸の港は青い目の外国人船員たちで賑わい、彼らは船で読んだペーパーバックを神戸の古本屋に売りはらって船に戻っていく。

船員たちが置いていった垢まみれのペーパーバックを好奇心に満ち溢れた目と高鳴る心で漁る少年、春樹。彼はカート・ヴォネガット、トルーマン・カポーティ、レイモンド・チャンドラー、ロス・マクドナルドのハードボイルド推理小説とF.スコット・フィッツジェラルドの小説に夢中になっている。内容は半分ぐらいしかわからないが、暇さえあれば辞書を片手に硬い石を噛み砕くように英語の原書を読み進めていく。はじめのうちは歯が立たなくても、何度も読んでいれば石を噛み砕く感覚は次第に消えていくことを彼は知っていた。

英語のペーパーバック小説の世界は、伝統を重んじる家庭で育ったこの反抗的な日本の少年にはまるで新世界のようだった。レイモンド・チャンドラーの小説の主人公である探偵フィリップ・マーロウは、村上春樹にとって「一匹狼のヒーロー」だった。この小説の世界では、堂々とした男たちのエキサイティングな冒険談が繰り広げられていた。「彼らは個人として独立していて、自分たちのやりかたで、自分たちの好みに従って」行動していた。

村上春樹はこの刺激的な冒険談に魅了されずにはいられなかった。のめり込まずにいられるほうが不可解なほどだった。

ペーパーバック小説を読んでばかりいる村上春樹は、同級生たちの目にはただキザでかっこつけているようにしか映らなかった。

「村上のやつ見てみろよ。読めもしないくせに。先生の子だからっていい気になって。」

少年春樹は悔しかった。偶然見つけ出したこの新しい世界の楽しさを共有できる友達がいてくれたらと思った。趣味を分かち合える友達がいないことで、彼はかえって孤独を感じるばかりだった。

読書は幼いころから村上春樹にとって人生の大きな悦びだった。しかし、学校の廊下の隅で壁に寄りかかって本に顔をうずめていた彼のところに正体のわからない謎の男が近寄ってきて、「村上くん、今きみは単に小説を『読む』人だけれど、近い将来きみは小説を『書く』作家になるだろう。もちろん、きみが僕の言葉をそっくり信じてくれたとしたらね」と意味深な言葉をかけて去っていったとしたら、春樹はどんな反応を見せただろうか。何事もなかったかのようにただいつも通りに、にっと笑って、また本の世界に戻っていったのではないだろうか。

読書する少年

村上春樹は一九四九年一月十二日、京都の教師の夫婦、村上千秋と美幸の間に生まれた。当時、二人はどちらも高校の国語教師をしていた。春樹の祖父が京都の寺の住職だったため本籍地は京都に残したが、春樹が五歳になった年に一家は神戸に引っ越した。

村上春樹は幼少期を典型的な中産層家庭の一人息子らしい平穏な環境の中で過ごした。ピアノを習い、犬を飼い、ときどき胸を弾ませて動物園に遊びに行った。ところが、春樹は少し変わったところのある子どもだった。ある時は父親に生ごみを埋める穴を庭に掘るように言われ、あまりに熱中するあまり自分の背丈よりも深い穴を掘って叱られたという。

少年春樹はなによりも本が好きだった。春樹の両親も大の本好きで、家はいつも本であふれていた。春樹はときどき地元の公立図書館で本を借りて読むこともあったが、漫画と週刊誌を除いては、お金を持っていなくても近所の本屋でツケで好きなだけ本を買うことができた。本が好きな息子のために親が本屋の主人と協定を結んでいたのだ。

こうして息子を何不自由なく育てた両親だったが、京都出身の伝統的な家風は守られていた。毎週日曜の朝には父、千秋が春樹に日本文学を教えた。彼らは息子が日本の古典や伝統文化に関心を持つことを望んでいたのだ。しかし、春樹は伝統的なものを体質的に受けつけなかった。家にあったのが難しい日本文学の本ばかりで、幼い頃から拒否感があったのだろうか。それとも、食事中にまで両親が日本文学について熱く語り合う雰囲気にうんざりしたのだろうか。春樹にとっては、日本の伝統文化や古典小説よりも、十二歳になる年に買ってもらった「世界文学全集」のほうがよっぽど面白く親しみやすいものだった。春樹はそれを一冊一冊読み上げながら十代の前半を過ごした。

いつしか中学生になった村上春樹は、「世界文学全集」の影響で外国文学を読むようになり、なかでもロシアの長編小説にのめり込んでいった。特に『カラマーゾフの兄弟』は「僕の北極星」と呼ぶほど愛着を持っている。『カラマーゾフの兄弟』は言うまでもなく大人が読んでも相当に手強い本だ。一九九〇年代後半、ホームページを通して読者と活発にメールをやりとりしていた当時も、村上春樹は『カラマーゾフの兄弟』を惜しみなく褒めたたえていた。読者たちの反応も熱く、「私も読みました！」「私も、私も！」「じゃあ、私も今度こそ読破してみせます！」と、小さなブームが起きていたほどだった。あの手強い本を読破したという読者たちの声に喜んだ村上春樹は、『カラマーゾフの兄弟』を完読した人たちの集いを結成しようじゃないかと冗談まで飛ばしていた。

中学時代、春樹は「世界文学全集」に加えて「世界の歴史」も読み込み、歴史への関心を育んでいっ

た。幼いころからつづく世界史への興味は、後に長編小説『ねじまき鳥クロニクル』をはじめとする様々な作品にも反映されている。また、彼が物語を展開させる上で「過去について考えること」に意味を置いているのも、やはり歴史を重視することとつながっている。紀行文をひとつ書くときにも、村上春樹はその地域の歴史について入念な事前調査をするという。

過去について考える習慣は、春樹自身にも当てはめられる。春樹は自分の過去を振り返っては「ああそうか、あのときのあれは実はこういうことだったんだ」とずっと後になって一人頷くことがある。もともと他人よりものを考えるのに時間がかかるたちだからだという。

村上春樹はこうして自分のペースと主観を守りながら誰よりも多くの本を読み、図書館の本の大部分が彼の手を通っていった。好きな本は三度、四度と読むこともあった。

本と並んで、音楽も思春期の少年春樹にとってかけがえのないものだった。本を読み、音楽を聴くこと、そしてときどき女の子とデートすることが彼の十代の生活のすべてだった。本と音楽は、誰がなんと言おうと彼の人生においてもっとも重要な二つのキーだったのだ。ただし、本と違って彼の両親は音楽を聴く人たちではなかったので、家にはどこの家にでもあるようなありふれたレコードの一枚さえもなかったという。音楽に自然に触れる機会のない環境で育った春樹は、手探りで音楽を吸収し、次第にそのリズムに惹きこまれていった。お小遣いをもらうと昼食を抜いてでもロックのLPを買い、チャンスさえあれば神戸市で開かれるさまざまなコンサートに出かけていった。

〝僕はレコードをかけ、それが終ると針を上げて次のレコードをかけた。ひととおり全部かけてしまうと、また最初のレコードをかけた。レコードは全部で六枚くらいしかなく、サイクルの最初は「サージェント・ペパーズ・ロンリー・ハーツ・クラブ・バンド」で、最後はビル・エヴァンスの「ワルツ・フォー・デビー」だった。〟[7]

一九六三年、当時一四歳の中学生だった春樹は、外国の有名なミュージシャンが来るというので、社会科見学をするような慣れない足取りでコンサート会場に出かけていった。春樹はそこで生まれて初めてジャズ・コンサートを聴くことになる。アート・ブレイキー&ジャズ・メッセンジャーズの日本公演だった。感受性豊かな春樹少年は、そのジャズ・コンサートで完全に心を奪われる経験をすることになる。ジャズのリズムは、ラジオから聞こえてくるロックにばかり酔いしれていた一人の少年を深く魅了した。初めて聴く馴染みのない旋律はそう簡単には理解できなかったが、彼は挑発的なモダンジャズのリズムにすっかり心を奪われ家路に着いた。その日以来、春樹はジャズレコードの収集に熱を上げることになっただけでなく、長い時が流れ仕事を持つことになった時、彼は初めての仕事としてジャズに関連するものを選んだ。さらには、ジャズのリズムを初めての小説を完成させるための滋養分とした。

十代の春樹にとって、家庭はいつの間にか息の詰まる場所に変わっていた。両親の抑圧と統制は、関心と愛情の裏返しでもあったが、思春期に「先生の子」として過ごすのは楽なことではなかった。

村上春樹の家庭では、特に父親の存在が大きかったという。父親は政治的にはリベラルな考えの持ち主で、他の親のように一方的に束縛してくることはなかったが、息子からすれば父親の期待はどこまでも煩わしく息が詰まるものでしかなかった。春樹は父親が近所の高校の先生だという理由で、わざわざ家からずっと離れたところにある神戸高校にバスで通うことを選んだ。

実際に、村上春樹の小説には親子の話がほとんど出てこない。出てきたとしても、そんなに心安らぐ関係という設定ではない。『海辺のカフカ』の親子関係がいい例だろう。他人に何かを「教える」ということに対して本能的に拒否反応を示すのも、親との関係が影響しているのではないだろうか。

中学時代のヨーロッパ文学、ロシア文学への関心は、高校に進学してからはカポーティやチャンドラー、フィッツジェラルドといったアメリカ大衆文学へと移り変わっていった。辞書を片手に原書のペーパーバック小説を読んでいた村上春樹は、そのうち誰が勧めたわけでもないのに面白半分でノートに翻訳を書いてみるようになっていた。左から右へと進む英語の文章を右上から左下へと進む日本語へと移し替えていくことがたまらなく楽しくて、いつのまにか翻訳は一つの趣味として定着していった（やはり彼は変わり者だ！）。大学時代まで続くこの趣味は、春樹がのちに作家になり、多くの英米小説を翻訳するうえでの確かな基礎となってくれた。

　村上春樹は幼いころから好き嫌いがはっきりしていて、はじめに決めたことは最後まで貫き通すほうだった。そして、自分がやりたいことは自分の手で見つけないと気が済まなかった。人から与えられたものには真剣に取り組めないところがあったのだ。そのかわり、自分が面白いと思ったことならば誰が何と言おうと、万難を排して熱中した。

　春樹は昔から基本的に学校という場所が好きではなかった。もしかしたら「制度」というもの自体が生まれつき合わなかったのかもしれない。中学時代には教師たちにしょっちゅう殴られていたことしか覚えていないという。それによって「僕の人生はけっこう大きく変化させられてしまったような気がする。僕はそれ以来、教師や学校に対して親しみよりはむしろ、恐怖や嫌悪感の方を強く抱くようになった」[8]と何十年経っても不快感を抱いている。村上春樹は教師を嫌い、ろくに勉強もしない自分のことを教師たちも良く思っていなかったという。学校で何かを習うより自分で本を読んで独学するのが向いていたようだ。今は原稿の締切をきっちり守る春樹だが、当時の彼は学校の宿題をぎりぎりまでほったらかしてばかりで、いつも叱られていた。ただ、読書感想文だけは得意で、人の分まで代わりに書いてあげることもあった。

高校に行ってからも、春樹は中学時代と同じく学校とはあまり縁がない日々を送った。高校では数学と理系科目の成績がだめだった代わりに、得意だった英語、国語、世界史で挽回して適度にバランスをとっていた。

授業時間に小説を読んでいる不良少年だったわりには、成績はそう悪いほうではなかったが、授業をサボって麻雀をしたり、女の子と芦屋川辺りで遊んだり、映画館の隅のほうの席に座って映画を見たり、ジャズカフェに入り浸ってジャズを聴きながらタバコを吸ったりして過ごしていた。やらされる勉強はほとんどせず、気が向くままに過ごした健全な青春だった。

〝だいたい高校生が世間の大人に好感を持たれるようになったらおしまいですよね、と僕は思っています。〟[9]

村上春樹は「適当に無茶苦茶なことをやって、適当に周りに迷惑かけて」高校時代を送った。「最近の若いやつらは何考えているんだまったく」と言われながら高校時代を過ごすぐらいが有益でちょうどいいと彼は今でも信じている。家族にも学校にもうんざりしていた高校生の春樹は、今いる場所を抜け出して一日も早くどこか遠い場所に旅立ちたいと願っていた。

episode. 1

青春のBGM

村上春樹は思春期の自分に起きた素晴らしいことのひとつがビーチ・ボーイズに出会ったことだったと語る。彼は一九六三年に初めてビーチ・ボーイズの音楽に出会った。ソニーのトランジスタ・ラジオから流れてきたビーチ・ボーイズのヒット曲「サーフィンUSA」を聴いて文字どおり言葉を失ったのだ。二〇〇五年に出版された音楽エッセイ集『意味がなければスイングはない』でビーチ・ボーイズについて書いた春樹は当時の衝撃をこう語る。「どうしてこの連中には、僕の求めているものがこんなにはっきりとわかるのだろう？」[10]村上春樹の青春のBGMは疑う余地もなくビーチ・ボーイズだった。

　私が村上春樹についての資料を整理しながらBGMにかけていたのもビーチ・ボーイズのベストアルバムだった。カリフォルニアの輝く太陽と美しい海、日焼けしたビキニ姿の若者たちを連想させるハイテンポのサーフミュージックからは心配など微塵も感じられない。聞いていると心地よくなって自然とエンドルフィンが出てくる。

　この楽天主義のメロディーを聴きながら、少年春樹はアメリカを夢の彼方のような世界だと信じて疑わなかった。戦後の日本とは生活水準や価値観がかけ離れている別天地。いくら春樹が住んでいるところが海辺だったとはいえ、一九六〇年代の神戸市にサーフボードを売っているところなどあるはずがなかった。

一九八三年の『PENTHOUSE』五月号に春樹は「ビーチ・ボーイズを通過して大人になった僕達」というエッセイを書いた。このエッセイには、春樹がどれほど純粋な気持ちでビーチ・ボーイズを聴き、アメリカ文化に漠然とした憧れを抱いていたかという彼の感傷的なノスタルジーが詰まっている。面白いのは、彼が憧れていたビーチ・ボーイズのメンバーたちも実際には一人をのぞいて全くサーフィンができず、グループのリーダーだったブライアン・ウィルソンにいたっては水が怖くて海に近づきもしなかったと知ったとき、春樹は内心ほっとしたというのだ。

〝あの頃のカリフォルニアの青年だって、みんながニコニコと笑いながらサーフィンをやっていたわけではなかったのだ。〟[11]

「それぞれに問題やら悩みやらコンプレックスやらを抱えて結構せこせこと生きていた」のであって、ビーチ・ボーイズに象徴されるカルフォルニア・サーフミュージックはそんな青年たちのための応援歌のようなものだったということを大人になってはじめて知ったのだ。村上春樹は昔の虚しさを埋め合わせるかのように、作家になったばかりの頃、東京郊外の海やハワイでときどきサーフィンを楽しんだ。

村上春樹が大人になってからもビーチ・ボーイズにひときわ入れ込んでいたのにはまた別の理由がある。何も考えていないように見え、ひたすらのんきなイメージだったビーチ・ボーイズにも、彼らしか知らないつらく暗い影があったのだ。

一九六〇年代当時、アメリカにビーチ・ボーイズがいたならば、イギリスにはビートルズがいた。六〇年代中盤、ビーチ・ボーイズの作曲を担当していたブライアン・ウィルソンは、既存のイージーなサーフミュージックを抜け出し、より真摯な音楽性で再評価されることを望んでいた。そんな彼が力を注いで作ったアルバムが、一九六六年に発売された『ペット・サウンズ』だった。しかし、こうした新しい試みと方向転換に既存のファンたちは背を向け、担当のレコード会社さえも宣伝を諦めてしまった。

そのアルバムに強烈なインスピレーションを受けたのは、ビートルズのポール・マッカートニーだった。彼は『ペット・サウンズ』に影響され、翌年の一九六七年に『サージェント・ペパーズ・ロンリー・ハーツ・クラブ・バンド』を発表して大成功を収めた。それまでビートルズとビーチ・

ボーイズは常に比較対象になるライバルだったが、これでビートルズは名実ともにポップ界の皇帝の座につき、ビーチ・ボーイズはその影で笑いものとなっていった。さらに、ベトナム戦争が始まると、ビーチ・ボーイズは「時代遅れの何も考えていないグループ」としてまたしても嘲笑を買うことになった。新しい実験に挑戦しても非難され、既存のイメージに留まっていても悪く言われるだけだった。ポール・マッカートニーに対する敗北感と新しく試みた音楽の相次ぐ失敗で、リーダーのブライアン・ウィルソンは深く傷つき、終いには重度の麻薬中毒に陥ってしまった。

村上春樹が『ノルウェイの森』を書いたからといって、それをビートルズの「Norwegian Wood」と結びつけて、彼がビートルズのファンだったと考えるのは間違いだ。彼は売れっ子のビートルズよりも、「正当な評価を受けられなかった」ビーチ・ボーイズのほうにより心を寄せていた。そんな彼も、不運の名盤『ペット・サウンズ』の真価を理解できたのはずっと後になってからだったという。まるで自分の一時的な裏切りの許しを請うかのように、年を重ねた村上春樹は自分と同じように年をとったブライアン・ウィルソンのコンサートに今でも足を運んでいる。若かりし頃に憧れていた英雄ブライアンに会って言葉を交わすこともある。直近で見にいったブライアン・ウィルソンの公演は、ハワイで開かれたたった十五ドルの野外公演だった。

どこにも属さない人

村上春樹の早稲田時代のエピソードを読んでいると、自分の大学生活とオーバーラップすることがある。私は一九八九年に韓国の大学に入学した所謂「挟まれた世代」だ。八〇年代に入学した先輩たちの熱い期待のなかで、入学した途端に学生運動の手引きを渡された。八九年当時は学生運動に参加しないと暗黙のうちにのけ者にされる雰囲気だった。[12]

長い外国生活を終えて帰国し、韓国語もろくに使いこなせなかった大学初年兵の女子学生。私を見る先輩たちの困惑した表情が今でも忘れられない。彼らはいつも過激な闘争スローガンが書かれたTシャツを着て、「お嬢様育ちのおまえに世の中の矛盾がわかるものか」と言いたげな視線で私を見ていた。学部の新入生旅行では「テンジャンチゲ食べられるか？」[13]と聞かれるほどだったのだから。

私の大学生活はそんなふうに始まった。そんな雰囲気の中でも女子だというだけで許される部分があったような気もするし、私もやっと帰国した自国で仲間外れにされたくはなかった。曖昧な態度をとっておいたほうが無難だろうと思った。それで、ただ眉間にしわを寄せたまま便秘十日目のような表情で学生会室の隅にしゃがみこみ、半分ぐらいは理解できない先輩たちの話を聞いたりもした。日本の小学校では韓国の名前を使っていても「朝鮮人」と言われることもなかったのに、韓国の小学校に転校してから「チョッパリ」[14]と呼ばれたトラウマがある身としては、もう目立つことはしたくなかったのだ。

肩まである長髪にヒゲを生やしたヒッピー風の村上春樹が大学に通った頃は、それよりもずっと深刻だった。一九六八年、春樹は一年間の浪人生活の末に早稲田大学文学部映画演劇科に入学した。一九六八年の日本は、韓国の八〇年代のように学生運動が頂点に達したときだった。いわゆる全共闘時代だ。全国の主要大学は学生運動の渦に巻き込まれ、長期にわたって封鎖されていた。一九六八年から一九七〇年に至るまで、左翼の学生たちは既存の社会体制を強く拒み、ベトナム戦争に象徴される冷戦体制と右翼化する日本の現実に徹底的に「ノー」を叫んだ。

彼はセクトには加わらなかったが、基本的には学生運動を支持し、個人的な範囲でできる限りの行動はとった。しかし、次第にセクト間の対立が深まり、ある事件が起きた。早稲田大学文学部の教室で運動に参加していなかった一人の学生が殺害されたのだ。それからというもの、彼は当時の一方的で、権威的で、暴力的な学生運動のあり方に幻滅を感じるようになった。結局、彼にとっての「全共闘時代」は「失望感」という言葉で終わることになってしまった。

コピーライター糸井重里とのインタビューで、彼は大学時代に感じたことについてこう語っている。[15]

〝コトバにだまされたっていう意識がものすごくある。みんな、他人のことを、どうこういってたじゃない。で、何が残ったかっていうと、何も残らなかった。そうかそういうもんなのか、っていう開きなおりみたいなものがあるね。〟

あの時代、彼らはとにかく「ノー」を叫んではいたが、「イエス」の意味がなんであるかを明確にすることはできなかったのだ。春樹は当時の状況をこう記憶している。

〝僕は早稲田だったんだけど、全共闘で、ストをやれってアジってたヤツがいっぱいいた。ところがロック・アウトされてスト解除になり、授業が強行再開されたとき、最初に出てきたのが彼らだったんだよね。ボクは、頭にきたから聞いたんだ。「なんで授業にきたんだ」って。そうするとサ、「今でもストが正しいと思っているけど、オレが落第すると田舎のオフクロが泣く。そうするワケにはいかないから……」というんだね。（中略）クラスの圧倒的多数は「母親が泣いてしまうから……」

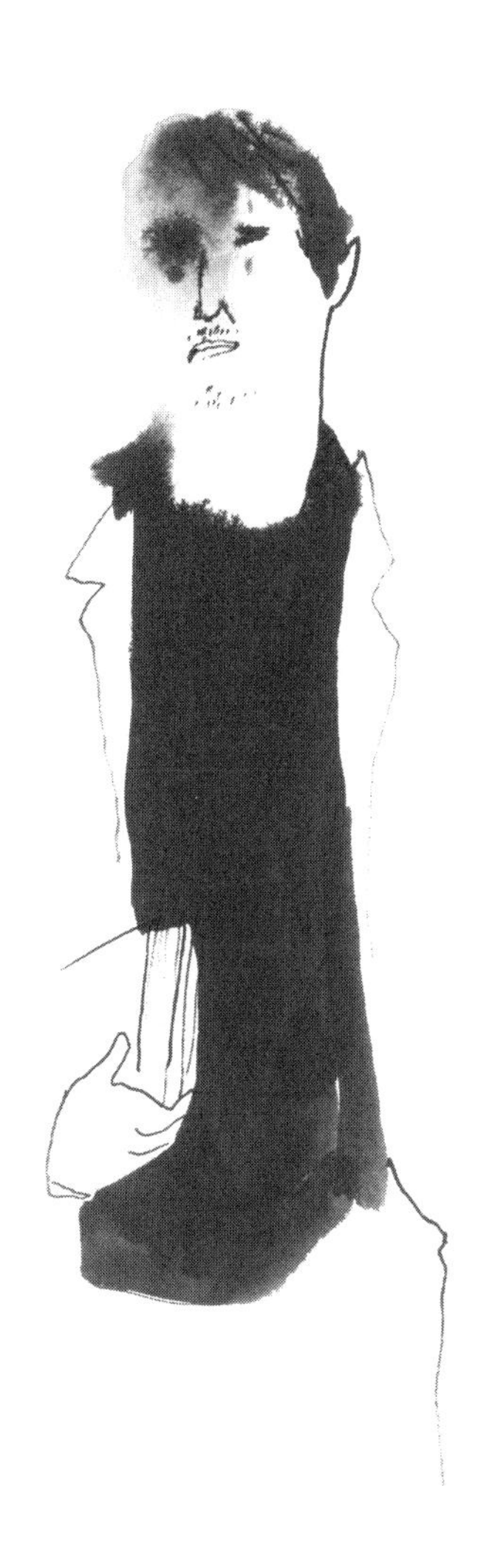

で納得したワケ。〃

こうした経験に加え、全共闘が解体した途端に大急ぎで大企業に就職していった活動家の学生たちを見て、村上春樹はもう何も信用するまいと心に決めた。高らかに正義を叫んでいた活動家の学生たちが状況が変わった途端、何事もなかったかのように面接用のスーツを着込み、抵抗していたはずの大企業に入社しようと必死になっている。そんな姿に腹が立った。その不義理さ、不公正さ、不条理さに彼は初めて大きな心の傷を負った。

これからはいかなる運動やイデオロギー、主義にも流されまいと決心した。自分が目撃した現象がこの社会の常識だというならば、そんな社会にはもう関わり合いたくなかったのだ。さらに、全共闘時代以後は、もう何かに真剣に腹を立てることさえやめてしまった。

一連の話を読んだ私は、学生運動に熱心に参加したわけでもない春樹が活動家の学生たちの変質をそう安易に非難するのはどうなのかとも思ったが、その気分がどんなものかはなんとなく理解できた。社会生活を送っていると、学生運動をしていた大学の先輩たちに偶然鉢合わせることがある。彼らが、一時は強く非難していた大企業の名がこれ見よがしに刻まれたジャンパーを着て、爪楊枝をくわえてレストランから出てくるのを見たとき、もしくはアメリカ帝国主義と従属論を唱えていた活動家の先輩が外資企業の名刺を差し出しながら一度訪ねてこいと言うとき、そして熱心なデモ青年だった同級生の血の気の冷めた顔に銀行の窓口で会ったときに感じる当惑も、やはり言葉にしがたいものがある。

時代が変われば、人の考えも自分の意志にしろそうでないにしろ変わるものだ。だが不自然な変化は時に人の無力さと限界を赤裸々に見せつけ、空しい感情だけを残していく。

村上春樹自身も積極的に全共闘のデモに加わったわけではないので、大っぴらに批判を口にできる立場ではなかったはずだ。その分、胸の中では複雑な感情が渦巻いていたのではないだろうか。学生運動はその目的や結果に関わらず、どんな形であれ活動家とノンポリ両方の学生たちの心を掻き乱してしまったのだから。

春樹の初期の作品、『ダンス・ダンス・ダンス』、『風の歌を聴け』、『ノルウェイの森』を読むと、彼がどんな大学時代を過ごしたのかがなんとなく想像できる。特に『ダンス・ダンス・ダンス』に出てくる暴力的な部分は、彼が全共闘時代の経験を通して得たものと失ったもの、そして考えたことを間接的に象徴している。作品の底に流れている深い喪失感と虚無感も、当時の暗鬱とした時代背景がもたらした人間関係の喪失によるものだったはずだ。

度重なるデモで休講がつづき、村上春樹は自然と大学から足が遠のいていった。大学に行く代わりにアルバイトをしたり、ジャズ喫茶やゲームセンターで時間をつぶしたり、女の子とデートをしたりもした。それから、猫を飼い、ジャズを聴き、洋書を読みふけって日々を過ごした。暇ができると、リュックひとつであちこち一人旅をすることもあった。新宿歌舞伎町の居酒屋やレコード店での深夜バイトを除いては、高校時代の日課と特に変わったところはないように見える。そう社交的なタイプではなかったので、大学ではあまり人付き合いもしなかった。

神戸の親元を離れて独立したいと強く願っていた村上春樹が大学に入学して最初に住んだのは「和敬塾」だった。早稲田大学の近くにある私設の学生寮だ。彼が半年ほど住んでいたこの場所は『ノルウェイの森』の主人公ワタナベが住む学生寮のモデルにもなっている。小説と同じで、この学生寮の経営者は「札つきの右翼」だった。しかも「右翼学生たちがソーカツしにくる」という噂を聞いて、春樹は枕の下に包丁を置いて寝たこともあった[16]。一癖ある物騒な寮だったのだ。

それでも、生まれてはじめて一人暮らしをはじめた春樹はその生活を楽しみ、毎晩飲みに行っては酔っぱらって帰ってきた。しかし、春樹の自由奔放な言動と寮の抑圧的な雰囲気はやはり合うはずがなく、一年生の秋に彼は素行不良で寮を追い出されてしまった。そして、学生課の掲示板で見つけたいちばん安い部屋に引っ越した。そこは安いだけあって駅からだいぶ歩いたところにある大根畑に囲まれた古いアパートだった。その部屋で、春樹は毎晩ご飯を作るのが面倒だからとカレーやコロッケなんかを一度にどっさり作り、それを三日続けて食べたりもした。

大学に行かなかったのは休講とデモのせいでもあったが、村上春樹にとっては残念ながら大学の講義が中学高校時代の授業と同じくらいつまらなかったのだ。シナリオライターになるという明確な目的意識を持って映画演劇科のある早稲田大学に浪人までして入ったので、その分だけ失望も大きかった。つまらない授業をさぼる代わりに、春樹は新宿の映画館に熱心に通った。大学時代の春樹の日課といえば、映画館とアルバイト先とアパートのトライアングルをぐるぐると回ることだった。映画は年間二〇〇本以上観ていた。毎日観るだけの数の映画はないから同じ映画を何度も繰りかえし観たり、B級C級の映画を「骨でもしゃぶるような思いで」観たりすることになった。「そのうちに夢の中でMGMのライオンが吠えたり、東映の波が砕けたり、二十世紀フォックスのライトがジングルつきで回転するようになる。ここまでくるとこれはもう完全な病気」だった。[17]

映画を見に行かないときは早稲田大学の演劇博物館に入り浸って、古い映画のシナリオを手当たり次第に読みあさって過ごした。

〝早稲田大学で得たもっとも貴重な経験です。〟[18]

図書館の資料は立派だったが、自分が所属していた早稲田大学映画演劇科の講義というのは現実的には何の役にも立たなかったと彼はふり返る。

シナリオ作家になる夢を抱きながらも、村上春樹は基本的に自分には文章を書く才能がないと思っていた。本を読むことはいつも楽しんできたが、自分が読者ではなく筆者になるというのは想像ができなかった。創作への漠然とした壁を感じていたのだろうか。シナリオをいくつか書いたことはあった。しかし、シナリオを書いてひとつの作品を完成させるには常に他人と関わらなくてはいけないことを悟った彼は、あっさりとシナリオを書くことをやめてしまった。

だが、当時シナリオを読んで書いた経験は、初期の小説の中にその痕跡を見てとることができる。『風の歌を聴け』や『1973年のピンボール』は映像を撮るように編集されていて、小説的というよりは映画的な感じがする。

こんなふうに村上春樹の大学時代は「キャンパスのロマン」とはかけ離れたものだった。彼は「アメリカ映画における旅の思想」という卒業論文とともに七年間の長い大学生活にようやく終止符を打った。そして、卒業論文のためにしかたなく、大学入学後はじめて指導教授に会うことになった。たった三日でさっさと書き上げた卒業論文が、最初で最後に言葉を交わした教授から最優秀の評価を受けたというのだからまったく大したものだ。

episode. 2

心の中の図書館

〝うちの近くに図書館があるんだけど、じつにいい。朝、誰もいない書架をまわって歩くとね、胸がジーンとしてくるよ。「今日は何を読もうか……」と。〟[19]

これほどまでに図書館という場所を愛する村上春樹が、個人的に最高の図書館と評する「心の中の図書館」がある。神戸市芦屋の打出駅近くにある芦屋打出図書館分室。一九六七年、浪人生活を送っていた春樹が勉強に通った場所だ。

二〇〇〇年十一月のある秋晴れの日、この図書館を訪ねた。こじんまりした打出駅を出て地図を見ながら歩いて行くと、白とベージュで統一された閑静な住宅街に入った。その中心に蔦に覆われた建物がまるで時間が止まったかのような静寂をたたえて立っていた。建物の中に入ってみると、室内はそこまで広くはなかったが、天井が高いせいか安定感があった。書架に入ってみようとしたが、早く行きすぎたのでまだ開いていなかった。ドアの向こうに見える書架では、メガネをかけた二人の中年女性がそう大きくもない書庫をせっせと整理していた。

六人がけのテーブルもそう多くはなかった。お母さんが小学生の子どもを学校の帰りに連れてきて本を選ばせるような典型的な地元の図書館だ。せっかくここまで来たのだから丁重にお願いして中を見学させてもらおうかと思ったが、仕事の邪魔になるような気がしたのでやめておいた。しばらく廊下の椅子に座って、女性たちが動き回る様子を遠くから眺めていた。そして、昔のことを思い出していた。

実を言うと、私は図書館にあまりいい思い出がない。図書館は私にとって転校の象徴だった。小さいころから転校を繰り返していたが、新しい学校に移るたびに新しい友達を作るのは、表には出さなかったけれど実はひどく困惑することだった。ひときわ内気な子だった私には、転校してしばらくの間、一緒に昼ご飯を食べる友達がいなかった。他の子たちがざわざわと学食に向かうときに、一人図書館に行って本を読みながら空腹をまぎらわすこともあった。

図書館の大きなテーブルに座って本を読むふりをしていると、他のテーブルで同じように一人本を読んでいる子たちが目に入ってきた。私のような転校生ではなく、もともとクラスにうまく馴染めない子たちのようだった。そのなかでも、ふちの太いメガネにぼさぼさの髪、足首の上までくる丈の短いズボンを履いたある女の子が、いつも私の向かいの席に座って一人宿題をしていた。彼女がその席にいてくれたから、安心してつらい昼休みを図書館でやり過ごせたような気がする。もしかしたら彼女も同じだったのかもしれない。食堂に一人で入って、同じように一人座っている人を見つけたときの安堵感とでもいおうか。

何週間か過ぎて新しい友達ができると、私はもう昼休みに図書館に行く必要がなくなった。それからずっと後のある日、宿題に必要な資料を探しに昼休みに図書館に行ったことがあった。図書館ではあのメガネの少女が同じ席に座って本を読んでいた。いや、読んでいるふりというのが正しいだろう。すっかり忘れていたその子を見た私は、彼女から目を離すことができなかった。そして、私の視線を感じたのか、彼女も私を見つめ返した。メガネの少女は「私たち、もしかしたらいい友達になれたかもしれないのに……」と私を責めているように見えた。

確かな感触の愛

シナリオを読みあさったことの他に村上春樹が大学生活で得たものがあるとすれば、それはやはり妻、高橋陽子だろう。社交的とは言えない村上春樹が大学時代に親しくなった友だちは二人。そのうちの一人が高橋陽子で、もう一人も女の子だった。

高橋陽子は東京で生まれ育ち、カトリックのお嬢様学校を出ていた（陽子はお金持ちの娘ではなかったが）。村上春樹は「アメリカ帝国主義のアジア侵略」についての討論が繰り広げられている教室で高橋陽子に出会った。彼女は最初の授業で村上春樹の隣に座った。保守的な高校から来ていた高橋陽子には、討論の内容がちっとも理解できなかった。一方、隣の長髪の大学生、村上春樹は歴史が得意で、横であれこれ説明しているうちに二人はいつしか親しい仲に発展した。

一九歳同士だった二人は、はじめの二年くらいはいい友だちとして付き合っていたが、次第に互いに対してそれ以上の感情を抱くようになった。当時、高橋陽子には別の恋人がいて春樹は悩んだが、いつの間にか二人は運命的な愛を感じる関係になっていた。

『ノルウェイの森』で主人公のワタナベは二人の女性との三角関係に陥るが、これを春樹の大学時代の投影だと思い込む人もいる。太陽のように明るく現実的でエナジー溢れる緑と、静かで神秘的でどこか物悲しい直子。高橋陽子は緑のモデルではないか、とすればもう一人のクラスメイトは直子のモデルなのかという質問が数多く寄せられた。しかし、まったくそんなことはないと村上春樹は頭を横に振る。

〝僕の青春というものはもっと非ドラマティックで退屈なものです。本当のことを書いていたら、たぶん十五ページくらいにしか書けなかったと思います。〟[20]

激しい三角関係とまではいかなくても、高橋陽子との恋愛には確実にそれ以上の何かが存在した。初めての出会いからやっと三年が過ぎた一九七一年、春樹と陽子はまだ二十二歳の学生だったが、直感的に「この人と結婚しなければ」と思うようになっていた。それは誰がなんと言おうと確かな感触の愛だった。二人はそれぞれの親に話をしたが、まだ若く学生だった二人の結婚に親は賛成しなかった。春樹の両親はたった一人の大事な息子が、大学を出てまともな仕事に就いて一人前の大人になるよりも前に家庭を持つことを望まなかった。

他にも理由があった。村上春樹の家は祖父が京都で僧侶をしている伝統的な関西の家だった。それで、典型的な関東の家である高橋陽子の家をよく思わなかったのだ。それは陽子の家でも同じだった。関西と関東の関係をあえて例えるとすれば、韓国の全羅道と慶尚道の関係に近い。地域間の生活スタイルや価値観が異なるため、互いにプライドのぶつかり合いが起きるのだ。

しかし、両親の反対も熱烈な恋に落ちた二人の若者の意思を曲げることはできなかった。経済的な問題などは考慮の対象にさえならなかった。結婚の許しをもらいに来た村上春樹に対して、陽子の父親はたった一つだけ質問をした。

「春樹くん、陽子を好きなんだな?」

村上春樹はその一言で義父に敬意を抱いた。少なくとも彼は権威的ではなく公平だった。そして、その待遇への答えとして春樹は自分の固い決心を伝えた。ついに両家の親を説得するのに成功した二人は、一九七一年十月に正式な夫婦となった。結婚式も挙げず、婚姻届を出しただけで終わりだった。卒業式、お葬式、結婚式などの「式」の字がつくあらゆる行事を二人は基本的に苦手としていた。

二人は正真正銘の夫婦になることはなったが、まだ学生で、お金もなければ将来のはっきりとした計画もなかった。とりあえず住む家さえも準備ができていなかった。そこで、春樹と陽子は、妻を亡くし一人で暮らしていた陽子の父のところに居候することにした。

陽子の実家は布団屋で、その家はその昔地下牢として使われた場所に建てられていた。そのせいでときどき会いたくもない幽霊に遭遇することもあった。陽子は幽霊を見てものんきにしていたが、春樹は夜中のトイレにさえも怯えながら新婚生活を送るはめになった。

二十二歳の若さで家長になった村上春樹は、大学に休学届けを出し、生活費を稼ぐために本格的にアルバイトに精を出した。どちらにしろ出たいと思う授業もなかった。昼は新宿のレコード屋、夜はカフェで働きながらこつこつお金を貯めた。妻の陽子も一緒にアルバイトをしながらお金を貯めた。日本ではアルバイトをいくつかかけもちすれば食べていくのには困らない。それでも二人はひどく貧乏だった。洗濯機を買う余裕もなく、寒い冬の日にも手で洗濯をしなければならないほどだった。だが、その程度の苦労は想定内だった。

二人は公平であることを信条とした。家事もすべて徹底的に半々で分担した。当時としては実に革新的だったと言える。周りの人々は村上春樹が女房の尻にしかれているとか、おまえのカミさんは強いからなどと皮肉ってきたが、彼は気にしなかった。同じように働いているのに、仕事から帰ってきた妻にメシを作れなどと言うのはおかしいと思っていた。これは単なる愛情の問題ではなかった。いくら妻とはいえ、自分の生活を他人に依存することは村上春樹の基本哲学に反し、炊事や洗濯など自分のことは自分ですべきだと考えていたのだ。両親は一人息子が家事をすることを嘆いたというが、少なくとも春樹にとってそれは男女平等という価値観というよりも「生き残るために必要な利己的な選択」だった。もしも妻が突然自分の前から姿を消したとしても、ひるまず一人で同じ生活ができるように自ら家事をするだけのことなのだ。

ジャズは聴きますか？

アルバイトでこつこつお金を貯めた村上夫妻は、ついに結婚三年にして「事」を起こす。銀行から融資を受け、親にも借金をして、五〇〇万円の資金と五〇〇枚のレコードをもってジャズ喫茶を開いたのだ。場所は新宿から電車で二〇分ほど行ったところにある国分寺で、店の名前は昔飼っていた猫の名をとって「ピーター・キャット」とした。

それ以前に春樹はテレビ局に就職することも考えたのだが、その放送というのが演歌の放送だったという理由で入社をやめてしまった。代わりに、ただひっそりジャズ喫茶のマスターとして生きていこうと決心した。そうすれば少なくとも朝から晩まで好きな音楽を好きなだけ聴いていられるのだから。社会的にも「就職は権力への屈従」という雰囲気があったので、自営業に対する抵抗感もなかった。「お金もいらない。地位も名誉もいらない。ただ気持ちよく自分のペースで自由に人生を生きることができればいい」[21]とシンプルに考えていた。後に読者と交わしたメールの中で彼はこう語っている。

〝小さな店でもいいから自分一人できちんとした仕事をしたかった。自分の手で材料を選んで、自分の手でものを作って、自分の手でそれを客に提供できる仕事のことだ。でも結局僕にできることといえばジャズ喫茶くらいのものだった。とにかくジャズが好きだったし、ジャズに少しでもかかわる仕事をやりたかった。〟[22]

ピーター・キャットは街のはずれの、それも地下にある店だったが、インテリアにはこだわっていた。村上春樹が自ら設計から床の工事までも手掛け、家具もアンティークショップを回ってひとつひとつ集めてきたので、テーブルごとに家具が違っていた。店内の一角にはピアノと猫をモチーフにした小物を飾った。壁には大型スクリーンを設置し、気が向いたときはマルクス兄弟の映画をこっそり上映したりもした。そして感じのいいバーカウンターを置いた。当時の写真を見ると、モダンできれいというよりは、むしろ古びた行きつけのバーという印象が強い。

ピーター・キャットに降りていく階段には猫の形をした木の看板があり、そこには「一九五〇年代のジャズの店」と書かれていた。七〇年代当時、五〇年代のジャズをかけるというのは非常に珍しいことだった。当時のジャズ業界では最新の曲を聴くのが当然という意識があったので、過去の音楽をかけるということは、お客さんの不平不満を正面から受け止める覚悟があると宣言しているようなものだった。それでも春樹は流行に反発する気持ちがあり、いかにも彼の性格らしく昔のジャズを再評価しようとしていたのだ。

昼はジャズ喫茶として営業していたピーター・キャットは、夜になるとジャズ・バーに変身し、週末にはライブバンドの公演が行われた。ジャズを愛する人たちが一人また一人と集まり、夜が更けるまで音楽の話に花を咲かせた。

村上春樹はアルバイトとピーター・キャットの仕事で休学したせいでなんと七年も大学に在籍することになり、後半はピーター・キャットの仕事が忙しすぎてほとんど学校に行けなかった。その代わり、朝十一時から夜十二時までの十三時間のうち毎日十時間以上はピーター・キャットでジャズを聴きながら過ごした。映画「ハイ・フィデリティ」に出てくる中古レコード店の若き店主ジョン・キューザックの生活を見ると、ジャズ喫茶のマスターをしていた当時の自分の姿を思い出すと彼は言う。

「ジャズ喫茶のマスター」として生きることは一見ロマンチックに見えるかもしれないが、現実はブルーカラーにひけをとらない過酷な労働が求められる。眠るほかには何もできないほど肉体労働に明け暮れ、銀行や親からの借金を一日も早く返すことに精一杯で他のことをゆっくり考える暇もなかった。毎日夜遅くまでタバコの煙とウイスキーにどっぷり浸かって働きつづける日々だった。それだけではない。たちの悪い酔っ払いの吐いたものを掃除し、酔客を叩き出して、また朝になると食材の買い出しが待っていた。窓もない薄暗い地下の空間で、村上春樹はジャズのレコードを聴き、ピーター・キャットの名物だったロール・キャベツと酒を仕込み、食器を磨いた。

夜遅くまで空気の悪いところで働いていると、落ち着いてものを考える余裕も生まれない。イメージされるような楽な仕事では決してなかったし、もちろん人から羨ましがられるような仕事でもなかった。七年間ジャズ喫茶をしながら思い知らされたことといえば、やはり食べていくということは生半可なことではないという事実だった。オープン初期はずっと貧乏で、返さなければならない借金も山積みだった。ある時、借金の返済日が迫ってきているのにどう数えてみてもあと三万円足りないということがあった。途方に暮れ、うつむいて道を歩いていた村上春樹夫婦の足元にどこからか風に吹かれて一万円札三枚が舞い込んできた。そのお金でなんとかその月の借金を返したそうだ。嘘のような本当の話だ。

村上春樹はやるべきことは手を抜かずに黙々とやるほうだったが、決して営業マインドで武装した馴れ馴れしいマスターではなかった。お客を相手に親しく会話を交すよりは、マスターは人間嫌いだと客に揶揄されるほど、バーカウンターのなかで黙々とアメリカ小説を読んでばかりいた。

当時のピーター・キャットには偶然にも文芸関係者たちが数多く訪れていた。三人の客が一緒に来て誰か一人が先に帰ると、残された二人は先に帰った人についてすぐさま悪口を言いはじめる。文芸関係者たちのそんな姿を日常的に目撃していた村上春樹は、「文芸業界ってのはすごいところな

んだな、付き合わないのが身のためだ」と心の中で感じていたことだろう。もちろん当時は自分がのちに小説家になるなんて夢にも思っていなかったので、ただ耳障りだという素振りを見せて音楽のボリュームを目一杯上げたのではないだろうか。そして、注文されたカクテルをさっさと出すとまた読んでいた本に戻っていった。お客たちとの会話は快活な性格の持ち主である妻陽子が受け持っていた。無愛想な夫の代わりを務めていたのだ。

春樹のエッセイに多くのイラストを描いている安西水丸は、二人の女性編集者に連れられ初めて「ピーター・キャット」に行ったときのことを次のように回想している。[23] バーカウンターで黙々と働いている不機嫌そうな一字眉毛の若者を見たとき、「ああ、この人が話に聞いていた村上春樹さんだな」とすぐにわかったという。春樹はどこか不満げで、不親切そうな印象だったが、まだ学生のように見えたという。

村上春樹の経営マインドはこうだった。十人の新しい客が来たとしたら、そのうちの一人が自分の店を気に入ってリピーターになってくれればそれでいい。本人の印象と同じくらい客に対する態度にも強情なところがあったのだ。店にやってくる客みんなにいい顔をする必要はない。ただし、また来てくれたその一人のことは本当に大切にすること、これこそがあるべき店主のマインドだと断言している。また、これは単に「ジャズ喫茶が辿るべき正しい道」であるだけでなく、人生全般に広く適用

される法則だそうだ。要するに万人受けを狙えば誰からも本当に愛されることはできないということだ！

村上春樹が大事にしているこうした個人的な哲学と、自由主義でありながらも強情っぱりな性質は、当時あるジャズ同好誌に掲載されたジャズ喫茶の紹介欄の「ジャズ界に言いたいこと」という質問の受け答えにも如実に表れている。

〝皆んな好きにやれば良い。聴き手が勝手に選ぶんだから。〟[24]

ジャズ同好誌『JAZZLAND』の一九七五年八月一日号に掲載された「ジャズ喫茶のマスターになるための18のQ＆A」というインタビューの村上春樹の答えも秀逸だ。この頃からすでにただならぬ人物であったことが窺える。いくつかを引用してみたい。

Q　ジャズ喫茶を始めたいと思うのですが、さしあたって一番要求される資質は何でしょうか？

A　恐れを知らぬ行動力です。

Q　それでは一番不必要なものは？

A　知性です。

Q　現在大学に在学中ですが、卒業はした方が良いでしょうか。

A　経験から言うと、卒業証書の表紙はメニューにぴったりです。

Q　好きな女の子が居るのですが、ジャズ喫茶のマスターとしては結婚していた方が得でしょうか、それとも独身でいた方が得でしょうか?

A　あなたが一体何を指して得とか損とか言ってるのか、よく理解できないけれど、この世の中で結婚して得をすることなど何ひとつないのです。

Q　よくジャズ喫茶のマスターは女の子にもてるっていう話を開きます。そんな時、客の女の子には手を出していいのでしょうか?

A　まったくの取り越し苦労です。

Q　レコードは最低何枚必要でしょうか?

A　度胸さえあれば十五枚でOKです。

Q　お客に文句は言われませんか?

A　もちろん言う人は居ます。気にしなければいいのです。あなたのお店なんだし、好きなようにやってみて、儲かるのもあなた一人だし、赤字を出して首を吊るのもあなた一人なのです。

Q　お酒を出すつもりなのですが、酔って騒ぐような人が居たらどうしたらいいのでしょうか？

A　「戦艦バウンティ」という映画が昔ありました。その中で異端分子は全員船から突き落とされていました。

Q　ジャズ評論家にコネがきくのですが、レコード解説やコンサートをやった方が良いでしょうか？

A　テスト盤をもらうだけくらいの方が賢明です。ロシア革命の時、一番最初に銃殺されたのはジャズ評論家だったそうです。

Q　ジャズ喫茶という職業は一生続けていくに値するものでしょうか？

A　田中角栄にとって土建業が一生続けていくに値する職業なのか？　川上宗薫にとってポルノ小説家が一生続けていくに値する職業なのか？[25]　猫にとってキャット・フードが一生食べていくのに値する食物なのか？　非常に難しい問題です。

Q　僕にとってジャズ喫茶はまるでなにか青春の里程標のような気がするのですが、こういう考え方は間違っているのでしょうか？

A　間違ってはいませんが、明らかに誇張されています。

Q　それではジャズ喫茶とは一体何なのでしょうか？

Ａ　ジャズを供給する場所です。ジャズとは何か？　僕はそれは、人生における一種の価値基準のようなものではないかと思うのです。茫漠とした時の流れの中で、僕たちの人生がどんな風に輝き、どんな風に燃えつきていくのか？　ジャズの中に沈みこんでいる時、僕たちはそんな何かをみつけだせるような気がするのです。

Ｑ　そういう考え方は少し誇張されすぎてはいませんか？

Ａ　すみません。その通りです。ただ僕の言いたいのは、ジャズ喫茶のマスターがそういった使命感を忘れたらもうおしまいだっていうことなのです。[26]

このとおり愛嬌のないマスターだったが、ピーター・キャットはジャズファンの間ではかなり評判が良かった。

村上春樹はピーター・キャットを国分寺から千駄ヶ谷に移転させたことがある。彼はもともと大の引っ越し好きなのだが、店を移転するのにはまた違った快感があるという。

店を開くと、いろんな人たちがやってくる。そして、その十分の一ぐらいの確率で常連客もついてくる。店はある程度時間が経つと安定軌道に乗り、店主の立場ではほっと一安心することができる。だが、まさにそのあたりから村上春樹の本性が現れはじめる。日々の暮らしにおいては規律や平常心を大事にする彼も、一貫した安定性にはどうも耐えられないのだ。彼にとって長期的な安定軌道は退屈で面白みに欠けるものでしかなかった。

ある程度店が安定して常連さんたちの馴染みの顔もだんだん見飽きてくる頃、唐突に投げかけることの一言を彼は愛してやまない。

「すみません、実は僕たちもうすぐ引っ越しちゃうんです。」

積み上げてきたものを全部ちゃらにしてゼロからまた始める味を一度覚えると、その中毒から抜け出すのはなかなか難しいという。常連さんたちが移転先の店にまでずるずるとついてきて商売を助けてくれることも望まなかった。「ボクも心機一転でやるから、みなさんも心機一転がんばってください」と。

小説のことは忘れよう

店の移転も無事に終え、ピーター・キャットはどういうわけかマスターの無愛想な態度にも関わらず日を追うごとに繁盛していった。もちろん商売がうまくいくのは悪いことではない。いや、借金の返済に明け暮れていた頃に比べたら悩みでさえもないだろう。

ところが、いつからか「何かが物足りない」と感じるようになっていた。なぜそんな気持ちになるのか、その理由をよくよく考えてみると、自分が小説をただ読むだけの「受け手」であるということに不満を感じるようになっているのだ。そんな気持ちになるとは思いもよらなかった。もともと作家になる気もなかったし、シナリオ作家になる夢を諦めてもうずいぶん経っていた。ただ気の向くままに本を読んでいられさえすれば、それで十分だと思っていたはずなのに。

心は鎮まる気配を見せなかった。だが、落ち着いて考えてみても、これまでたくさんの本を読んできて文章に求める水準が上がり、自分の実力をそのレベルに合わせるのは難しいように思えた。少なくとも自分に嘘はつけない。それに、まともに文章の指導を受けたこともなければ、横で「一度書いてみろよ」と励ましてくれる仲間や師匠もいなかった。「いや、余計なことを考えるのはよそう。自分に小説が書けるはずがない。店を開ける前にさっさとロール・キャベツの仕込みでもしておこう。」

しかし、フォレスト・ガンプが言うように人生はいつもチョコレートの箱のようなもので、すぐ先にどんなことが起こるかわからないものなのだ。村上春樹も結局は箱を開けて自分のチョコレートを選び出すことになった。

一九七八年のよく晴れた日の午後、二十九歳の春樹は店を休んで神宮球場に野球を見に行った。セントラル・リーグの開幕戦で、ヤクルト・スワローズ対広島東洋カープの試合を見ていた。神宮球場から近いところに住んでいた春樹はヤクルトのファンで、よく昼間から試合を見に行っていた。彼は数え切れないほど球場に足を運ぶ熱心な野球ファンなのだ。春樹はその日の試合をぼうっと見ていたとき、まるで空から降ってきた啓示のように「よし、自分でもよくわからないけれど、とにかく小説を書いてみよう」と決心した。

〝ふり返ってみると、あのときの感情は瞬間的に恋に落ちたときに似ていましたね。感電したかのように背中を走るパチッという感じは宿命的な愛の感情そのものでした。〟[27]

村上春樹はその日、神宮球場の外野席で心はすでに作家になってしまった。

彼は野球場を出てから何かに取り憑かれたようにまっすぐ新宿の紀伊國屋に行き、二千円ぐらいの万年筆を買った。家に戻った春樹は、買ったばかりの万年筆を触りながらひとまず小説を書くためのいくつかの方針を決めた。①馴れないことをするのだから、あまりむずかしくは考えないようにする。②一人称で書き、主人公は「僕」とする。③なるべく嘘を書く。④文章は三度書きなおす。そして最後に⑤自己弁明はやらない。[28]

そして、大きく深呼吸をしてから、出だしの二〇～三〇ページを英文タイプライターで書き始めた(新しく買った万年筆はどうしたのだ！)。アメリカの小説ばかり読んできた彼としては、文章に対する感覚を余すところなく正確に表現するには、むしろ英語でスタートを切ることのほうが自然に感じられたのだ。出だし部分を一旦英語で書いてから、今度はその英語の文章を日本語に翻訳して原稿用紙に書いていった。

ジャズ喫茶のマスターの一日はとても忙しい。朝九時半に起きて店に行き、午後二時まではランチタイムの営業。その後アパートに戻ってしばらく昼寝をしたら、また店に出て夜の営業の準備にかかる。夜の十二時までお客さんの相手をした後、夜中に片付けをしてやっと食事をとる。一大決心をして書き始めた小説だったが、書き続けるのは決して容易なことではなかった。しかし、春樹は店を閉めた後、妻の陽子に隠れて夜中の暗いバーカウンターで一日に三十分でもいいから小説を書いた。世の中の多くの作家志望生たちが睡眠時間を削ってキッチン・テーブルで小説を書いたように。

こうして物理的にも短い合間の時間で野良猫のようにこっそり隠れて書いていると、春樹の書く文章はどうしても呼吸の短いものにしかならなかった。ひょっとしたら以前シナリオを書いていた影響もあったのかもしれない。しかし、春樹は気にせず書き続けた。初稿を完成させた後は、はじめに自分と約束したとおり最低三回以上は書き直した。自分の書いた文章を恥ずかしく思わないためにも、必然的に何度も書き直すことになった。そうして半年かけてなんとか書き上げた小説が村上春樹の処女作『風の歌を聴け』だった。

それから三年後、村上春樹はある文芸誌とのインタビューで当時の心情をこう打ち明けている。

〝小説を書いた動機は自分の気持に区切りをつけるためだった。気障に言えば「青春への訣別」みたいなものである。一度書いてざっと書きなおして、それでも気に入らなくてもう一度書きなおした。〟[29]

これほど苦労して書いた『風の歌を聴け』だったが、その原稿は書き終えるやいなや引出しに直行することになった。何かに流されるように小説を書き、生まれて初めて何かを書いたことで胸のつかえがある程度はとれたような気がしたが、それはまだ自分だけの秘め事で、自分の書いたものに自信を持つことはできなかった。「書き手が書くという行為に納得するのとその作品が他人を納得させるのとはまったく別の原理の上にある」[30]と思っていた。

しかし、せっかく書き上げた小説が机の引出しに静かに眠っていたら、誰だって気が重いものだろう。かといって、やっとの思いで書いた小説を捨てるわけにもいかなかった。

どうすることもできないこの小説をめぐって彼は頭を悩ませていた。そして、いくつかの選択肢の中から文芸誌の新人賞に応募するのがいちばん良いという結論を出した。それは実質的には捨てるのと変わりなかった。だが、どうせ捨てるにしても、その前にはっきりとこれが「捨てるに値する小説」なのか検証することができる。すぐに地元の明治屋書店に行って文芸誌に目を通した。いくつかの文芸誌で新人賞を公募していたが、ちょうど『群像』の原稿の枚数と締切期日が自分の状況にぴったり合っていた。それで、机の引き出しに入っていた原稿を包んで郵便局に持って行った。小雨の降る肌寒い午後、原稿の包みをレインコートの下に入れて硬い表情でとぼとぼと歩いていく村上春樹は、まるでこれから悪いことをしにいく罪人のように見えたことだろう。ともかく、重荷になっていた原稿を『群像』に送ってしまうと、心も体も少し軽くなったような気がした。

　こわばった顔は多少ほぐれたものの気持ちは落ち着かず、春樹は帰り道に一人喫茶店の窓際の席に座って一息ついた。そして、雨が降り続く窓の外をぼんやり眺めながらお茶を飲んだ。少し落ち着くと、今度はほどよく甘美な気分に浸った。

「これでいろんなことがもう終っちゃったんだな。これからは少しは違う生き方ができるかな。」[31]

「たぶん心の奥底から湧き上がってきた小説を書きたいという欲望をひとまず落ち着かせようとしたんだ。ただ平凡なジャズ喫茶のマスターとして生きていこうと決めたはずなのに、なぜこんなつまらない欲望に苦しめられるんだろう。どうして僕は僕を放っておけないんだろう。どうして今の状態に満足できないんだろう。」

　おそらくそんな想いが彼の心の中に渦巻いていたのではないだろうか。本質的に幸せでないと感じている自分自身に向き合うことほどつらいことはないのだから。「とにかく、もうこれでいいんだ。やるだけはやったんだ」と思い、彼はそれっきり小説のことは完全に忘れることにした。いや、そうでなくても自然に忘れていった。文字通りそれはすでに終わったことだったのだから。

物語のはじまり

まるで青春の一章が終わったかのように村上春樹は初めて書いた小説に別れを告げたが、話はそこで終わらなかった。終わるどころか、今まさに始まろうとしていた。

ある晴れた日曜日の朝、まだ寝ていた村上春樹のところにかかってきた電話で、彼は群像新人文学賞の最終選考に残ったことを知った。そして、奇跡のように、彼は生まれて初めて書いた小説で新人賞を手にした。

〝新人賞を受賞した時の嬉しさというのは、これはもう受賞した人でなければわからないと思う。これから先書きつづけていかなければならないことの重みなんてまず感じない。自分の書いたものが数百の作品の中から選ばれて活字になる、ただ単にそれだけで嬉しいのである。（中略）こういう純粋な喜びは一生にそう何度も経験できるものではない。〟[32]

その時の喜びは本当に強烈だったようだ。彼は作家としてデビューして二十五年経ったあとのインタビューでこう語っている。

〝それから二十五年がたち、今になって思い直してみると、そのときに僕の身に起こったことはほとんど奇跡のように思える。「よくもまあ、そんな風にうまくいったもんだよなあ」と我ながら感心してしまう。[33]〟

そもそも小説家になるのは夢のようなことだと思っていたので、村上春樹はあの時『風の歌を聴け』で新人賞をとらなかったら、おそらくそれっきり小説を書くことはなかっただろうと語る。そして、人生がずいぶん違ったかたちに流れていっただろうと。

群像新人文学賞授賞式での受賞のことばは、こうして新しくやってきた人生のかたちに対する彼の慎ましく謙虚な気持ちを伝えてくれる。

〝学校を出て以来殆んどペンを取ったこともなかったので、初めのうち文章を書くのにひどく手間取った。フィツジェラルドの「他人と違う何かを語りたければ、他人と違った言葉で語れ」という文句だけが僕の頼りだったけれど、そんなことが簡単に出来るわけはない。四十歳になれば少しはましなものが書けるさ、と思い続けながら書いた。今でもそう思っている。受賞したことは非常に嬉しいけれど、形のあるものだけにこだわりたくはないし、またもうそういった歳でもないと思う。〟

村上春樹は、一人の新人作家である以前にジャズ喫茶のマスターであることを忘れないよう努めた。いくら小説を書けるようになったことが嬉しくても、それを客の前では出さないように細心の注意を払っていたのだ。春樹は商売の哲学、すなわちサービスを提供してお金をもらうという行為に対しては誰よりも厳格な面があり、客を喜ばせるという自分の任務を忘れてはいけないと自分に言い聞かせていた。浮かれている様子が客に伝わってしまうのは、商売をする者の姿勢ではないと信じていたのだ。

新人文学賞の受賞後、『週刊朝日』の記者がピーター・キャットを訪ねて来てインタビューをした時も、彼はこう頼んだという。

〝新聞に出たので、私が小説を書いたことはお客さんにも分かりましたが、店の名前は伏せてくれませんでしょうか。やはり店を大切にしないとねえ。私に特別の興味を持って来られても困るんですよ。〟[34]

しかし、そんな彼の配慮に関わらず、春樹はずいぶん嫌な目にあうことになった。一部の客は「下らないものを書いてはしゃぎやがって」とか「あんなの小説じゃない」といった言葉で春樹を傷つけた。つらいといえばつらかったが、客を相手に腹を立てたり口答えをするわけにもいかなかった。逆にわざと小説のことに触れないでくれる良い客もいた。褒めもしないし、けなしもしない、そんな心遣いが何よりありがたかった。

この状況を肯定的に見るとしたら、嫌な思いをしたおかげで冷静になれた面もあった。この世には自分の小説をつまらないと思う人間がたくさんいるということもわかったし、新人でさえもこうなのだから、これから先はもっとつらくなるだろうということも予想できた。心を強く持つきっかけになったわけだ。

春樹は「小説をひとつ書いたからって調子に乗って店をないがしろにしている」とだけは言われたくなかった。だから、ピーター・キャットの仕事には以前にも増して力を入れながら、なんとか時間を見つけて次の小説『1973年のピンボール』の執筆を進めた。

ピーター・キャットを続けたのには担当編集者の忠告も一役買っていた。彼女は、作家としてのデビューに成功しても少なくとも二年間は今の仕事をやめない方がいいと忠告してくれたのだ。春樹は彼女の助言が本当に正しかったということをすぐに思い知ることになる。「現実生活との接点を押えておかないと、どうしても文章が飛んでしまう。一度飛んでしまった文章はなかなかもとに戻らない。」[35]それで、二年の歳月が流れるのを待って、彼女にもう一度尋ねた。

「腰を据えて長編を書きたいんですが、そろそろいいですよね?」

彼女は微笑んで、快く応援してくれた。

「ちょうどいい頃ですね。」

勇気づけられた村上春樹は、ほどなく初めての長編小説『羊をめぐる冒険』の執筆をはじめ、長年の巣だったピーター・キャットを思い切って友人に譲り渡して専業作家となった。ピーター・キャットを整理したときは複雑な心境だったはずだ。だが、彼にはわかっていた。ピーター・キャットで過ごした七年間の歳月と労働があったからこそ、自分に小説を書くことができたということを。

春樹の長年の友人である写真家の松村映三もこうつけ加えている。

〝彼は口癖のように言っていました。「ピーター・キャット」での時間は物事を落ち着いて観察する時間だった。あの激しい肉体労働のおかげで精神的なバックボーンができたって。〟[36]

労働は村上春樹にとって最良の教師であり、本当の意味での大学だったのだ。

群像新人文学賞の審査委員だった吉行淳之介の選評は、村上春樹の真っすぐで堅実な感覚を正確に読み取っている。

〝乾いた軽快な感じの底に、内面に向ける眼があり、主人公はそういう眼をすぐに外にむけてノンシャランな態度を取ってみせる。そこのところを厭味にならずに伝えているのは、したたかな芸である。しかし、ただ芸だけではなく、そこには作者の芯のある人間性も加わってきているようにおもえる。そこを私は評価する。〟[37]

遠くまで旅する部屋——作家の現場

さて、これから何を書けばいいのか

一大決心をして始めた専業作家としての生活。これからは小説で食べていかなければならない。三十二歳になった一九八一年、村上春樹は新しい生活を始めるために妻と船橋の静かな海辺の町に引っ越した。そして、一日の日課をシンプルなものに変えていった。朝六時に起きて小説を書き、毎日欠かさず運動して体力をつける。午後は妻と野菜畑を耕し、夕食後はクラシックを聴き、夜十時には寝床につくという簡素な暮らし。一日三箱吸っていたタバコもきっぱりとやめた。

そんな健全なライフスタイルを実行に移したのは、なによりこれまでの日本人作家たちの生活方式とは相反するスタイルを追求したいと思ったからだ。仕事においても彼は若き新人作家らしくつねに正反対の道を進んでいった。ジャズ喫茶時代から「悪口のリレー」でいい印象がなかった日本の文壇とは完全に距離を置き、執筆依頼を受けて小説を書く仕事は断った。春樹のこうした行動は、決して子供染みた反抗でもなければ、目立つためのものでもなかった。むしろ、ある意味では必死だったのだ。自分だけの文章のスタイルを見つけ、それを守っていくためには、既に定着しているすべてのものから自由でいなければならないと思っていた。

実際に専業作家として彼が望んだ変化は着実に進行していた。まず、文章の息が長くなった。ジャズ喫茶時代に書かれた『風の歌を聴け』と『１９７３年のピンボール』は文体重視で書かれていたために、シナリオのように文章の呼吸が短かった。一方、長編小説はストーリー中心で書く必要があったので、長い呼吸を維持しながらも力が感じられるように努力した。ピーター・キャット時代に店によく遊びに来ていた村上龍の長編小説『コインロッカー・ベイビーズ』がいい意味で刺激剤となってくれた。

こうして心機一転した彼は、ファンタジー要素あふれる初めての長編小説『羊をめぐる冒険』を発表し、多くの春樹マニアを獲得した。また、次々と短編小説も書き、他の作家たちとの共著も発表した。さらに、敬愛するアメリカの作家たち、特にフィッツジェラルドやレイモンド・カーヴァーの作品を意欲的に翻訳した。他の作家たちのように小説を一つ書いたら何年か休み、しばらくして「さあまた書いてみるか」というふうではなく、絶えずトレーニングをするように多様なジャンルに果敢に挑んでいった。

『世界の終わりとハードボイルド・ワンダーランド』は村上春樹の長編小説の中でも断然、力のみなぎる小説だ。『ねじまき鳥クロニクル』と並んで、村上春樹自身が書くのに苦労したと告白している作品でもある。（ファンタジー要素のある彼の長編の中で私が個人的にいちばん好きな作品だ）

『ねじまき鳥クロニクル』の場合は執筆に五年もかかった苦労だとしたら、『世界の終わりとハードボイルド・ワンダーランド』は圧倒的な物語のスケールのために苦しんだのではないだろうか。まるで真夏の夜の夢のような物語なのだから。さらに、この作品はやっと書きあげて妻陽子に見せたところ、後半をすべて書き直すことになってしまった。まさに身を削る痛みと忍耐の限界を感じるほどつらかったという。

あまりに疲れ果てた村上春樹は、この作品を書き上げたら次は正反対のリアルで美しい恋愛小説を書こうと心に決めた。無理もないことだ。あれほどハードボイルドな小説を書いた後は、だれでも一度毒を抜いて、削られた身を労わりたくもなるだろう。もともとリアリズム小説にはそこまで関心がなかったが、ファンタジー要素のある作品ばかりを書いてきたので、自分にも百パーセント純粋なリアリズム小説が書けるということを確認したかったのだ。今度はさらに離れたイタリアのローマに居を移し、その計画を実行に移した。はじめての外国暮らしだった。

ローマでも一日の日課はほとんど変わらなかった。春樹は相変わらず朝早く起き、一日に十時間ぐらいその「リアルな」恋愛小説を書いた。一時間ほど走って、食事をして、買い物ついでに散歩することのほかは一日中小説を書いてばかりいた。書いているときは口もきかなかった。退屈した妻の陽子が話しかけても、まず返事もしなかったという。妻はただ静かに本を読むか、語学の勉強をするか、ぼけっと外を眺めて過ごすしかなかった。そういう静かな生活があまり苦痛ではないタイプだったのが救いだろう。

当時の村上春樹が心底怖れていることがひとつあった。それは大学ノートがなくなること！　その頃はまだパソコンが普及する前だったので、春樹は大学ノートに作品を書いていた。文章を書くことを生業とする人ならば、その気持ちが痛いほどわかるだろう。

私も同じことを恐れていて、作業部屋のノートパソコンが盗まれるのをしょっちゅう妄想してしまう。パソコンが盗まれるのは構わない。だが、その中の書きかけの文章がなくなるのは考えただけでも寒気がする。日々の作業をクラウドに保存しておかないと安心できないし、クラウドさえも完全には信頼できないので、途中で何度かプリントアウトしておくのだ。村上春樹もやはり家が火事になることを怖れるほどで（家が焼けることよりも大学ノートが焼けることを怖れていた）、家を空けるときもイタリアの泥棒が心配で常に気が休まらなかった。

『文藝春秋』のインタビュー[38]から、笑えないエピソードを一つ紹介したい。

大学ノート一冊にそれまで書いたすべてのものが詰まっているという絶対的な状態にふと不安を感じた春樹は、小説がほとんどできかかったとき、その不安を解消するためにコピーをとっておこうとローマのあるコピー屋に出かけていった。ところが、コピーをしているうちにノートの一枚、四十五ページ目がなくなってしまったのだ。

「たかが一枚なくなったくらいで……」コピー屋の女の子はだからどうしたというふうに肩をすくめた。たが、その一枚の紛失は小説の前後の内容にどうしたって影響を与えるしかなかった！　春樹の顔は真っ青になった。当惑した声でその女の子にどうなっているのかと詰め寄った。彼女は落ち着き払ってこう答えながら、理性を失っている春樹をさも情けないというふうに見つめた。

「さあ、どこかに消えちゃったんじゃないの？」

だからといって引き下がれる春樹ではなかった。状況からして四十五ページはコピー機のどこかにはさまっているに違いなかった。どうにかその一枚を取り出してくれともう一度丁重にお願いしたが、サービス精神のないイタリア人の彼女はなぜそんな面倒なことをわざわざしなければいけないのかまったく理解できないという様子だった。あと少しで向こうが怒り出しかねない勢いだった。とにかく面倒でしかたがないというのだ。春樹は冷汗をかき、困り果てた。最後に藁にもすがる思いで頼みたおして機械を分解し、底の方からその四十五ページを救出した。


〝あれは本当に大変だった。イタリアって怖いですよ。〟

すっかり懲りた彼は、コピーを途中で止め、残りはローマのＪＴＢでコピー機を借りて自分の手でコピーをとった。

そうした紆余曲折を経て、大学ノートに書かれた物語は赤と緑のコントラストがはっきりした二冊の本として世の光を浴びることになった。その本が何なのかは言わなくてもわかるだろう。

自由で孤独な仕事

『ノルウェイの森』はパッと目に飛び込んでくる本だった。初めはその表紙のせいで手が伸びた。村上夫妻のアイディアでデザインされたその表紙は、色がきつく単純すぎるといって出版社にはいい顔をされなかった。しかし、揺るぎない確信を持っていた村上春樹はそのデザインにこだわり、結果的にはみなが首を傾げたその表紙がベストセラーの誕生に一役買うことになった。

『ノルウェイの森』は単純なベストセラーではなく、ひとつの社会現象となった。若者を中心に火がつきはじめた『ノルウェイの森』ブームは、マスコミによって彼の名前を聞いたこともなかった壮年層へ、そして普段は小説を読みもしない人たちにまで広がっていった。人々は誰彼かまわず「あの赤と緑の本、読んだ？」と互いに尋ね合い、どこの家にでも一冊はある本になってしまった。

出版当時、村上春樹はこの本がだいたい二十万部ぐらい売れると予想していた。『風の歌を聴け』と『1973年のピンボール』がそれぞれ十万部ちょっと売れて、『羊をめぐる冒険』と『世界の終わりとハードボイルド・ワンダーランド』がそれよりも少し多い十五万部ぐらい売れていたからだ。最新作が十五万部ぐらい売れるのなら、今回の作品はもう少し大衆的で読みやすい恋愛小説だから二十万部ぐらいは売れるだろうと単純に期待していた。だから、最初に販売数が二十万部を超えたときは「ああ、よかった。これで出版社への責任は果たしたな」と、少なくとも出版社に迷惑をかけずにすんだことにホッとしていたのだが、ある時から四十万部、五十万部を超えはじめたので、もう驚くほかなかった。そのうち百万部を軽く超えてしまうと、このあたりから村上春樹は次第に戸惑いはじめた。「なんでそんなにたくさんの人間が僕の本を読まなくちゃいけないんだろう。」それから百五十万部を過ぎると、「いいや、読みたい人が読んでるんだから読めばいいや」と開き直った。

その過程で見えてきた読者の手紙の変遷も興味深かった。最初の二十万部が売れたときまでの手紙は、基本的に好意的で共感の声が多かった。だいたいはこういう内容だ。

「ベストセラーということで読まずに反発していたけど、読んでみたらとても面白かった。」

ところが、実に不可解なのは二十万から百万部売れたときの読者の手紙が一番批判的だったということだ。なんで私をモデルにして小説を書いたんだとか、あの人のことは私がよく知っているとか、私もあの病院に入院したいから教えてほしい、などなど。それから、こんな猥褻なことを書いて社会に対して恥ずかしくないのかというのもあった。

そんな中、若い女性たちから嬉しい激励の手紙が届くこともあった。

「『ノルウェイの森』に出てくるセックスシーンを読んで最初は戸惑ったけれど、読んでいるうちにこれは真剣に書いているんだ、いやらしくないんだと思ったらすごく気持ちよく読めました。」

村上春樹はそういう手紙をとてもありがたく感じた。『ノルウェイの森』は、細かい性描写のために批判も相当に多かったのだ。「あなたの本を読んで、セックスがしたくなった」というような愛嬌のある抗議を含めてだ。一度はこんなこともあった。ある二十代の女性が『ノルウェイの森』を夜通し読んだ後、急に彼氏にどうしても会いたくなって朝五時に彼氏のアパートに猫のように忍び込み、ぐっすり眠っている彼氏を叩き起こしてなかば強引に体を交したという手紙を送ってきた。その手紙を読んだ村上春樹は、何も知らずに襲われたその彼氏に少々申し訳なく思ったが、この上なく嬉しくもあった。

自分でも満足できる作品、そして専業作家十年目の超ベストセラー。その年、最高の話題となった村上春樹だったが、得るものがあれば失うものもあるものだ。文学的な成功は彼を孤独にした。春樹は当時の痛みをこう回想している。

〝有名になりすぎたことで数少ない友だちさえも失いました。大事に守ってきた関係だったんだけれど……。僕が変わってしまったと思われたみたいですね。みんなが自分を嫌っているように感じました。僕の人生でいちばん不幸な時代でしたね。〟[39]

『ノルウェイの森』がミリオンセラーを達成してからは、自分が人々に憎まれ嫌われているという妄想にとらわれるようになった。疲労し、混乱していた。それまでなんでもなく付き合っていた人たちがこれといった理由もなしに離れていったり、よそよそしくなったり、ある人たちは裏切り、またある人たちは匂いを嗅ぎつけるハイエナのようにたかってきた。そんなときは用事だけを済ませてさっさと逃げるようにしていたが、そうした人間関係の変質は、まっすぐな性格の持ち主である村上春樹にとって耐えがたいものだった。

人間関係の無常さについてだけではなく、本がベストセラーになってからは、お金についても真面目に考えるようになった。お金に振り回されるのもよくないが、お金を決してバカにしてはいけないということを学んだのだ。なぜなら、ベストセラーの印税として入ったある程度まとまった資金が、彼の作品の中でいちばん長い三冊にわたる長編『ねじまき鳥クロニクル』を五年近くかけて執筆するうえでの貴重な滋養分となってくれたからだ。

そういう意味でも、長編を中心に書く小説家にとってお金は現実的に大事だということがよくわかった。食べていくお金がなければ、連載に頼って頻繁に文章を納品するしかないのだから。村上春樹はその方法だけは選びたくなかった。友だちを失ったが、お金を手に入れたことで相殺されたのだろうか。もちろん失った友情をお金で買い戻すことはできない。しかし、お金があれば最小限の自由と時間を手に入れられることがわかった。なにかを失ってお金を得たのだから、こうなったら思い切り自由と時間を買ってやろうと心に決めた。

ひとまず、そのお金で日本から脱出することにした。対価は十分に払った。どちらにしろ日本に残っていては到底ものを書くことができなかった。『広告批評』とのインタビューで彼はこう語っている。

〝僕はあまり落ちこんだり、生きていくのがいやになったりはしないんだけど、『ノルウェイの森』があれだけ売れたあとは、一時期本当にいやになってしまった。生きていくのがいやになるくらい、いやになったんです。だって、この僕が、ものが書けなくなっちゃったんですからね。〟[40]

誇張ではなく、実際に「ノルウェイの森症候群（多くの企業がマーケティングのネタとして活用していた）」が氾濫し、村上春樹は半年ほどまともにものを書くことができなかった。ただの一度もスランプを経験したことのない彼がだ。書くこともできなかったし、書きたくもなかった。完全な無気力状態だった。

電話に出るのも嫌だった。もともと得意ではなかったが、この時はもっと深刻だった。妻が代わりに電話に出てもイライラして落ち着かなかった。予告なしに会いにくる人も春樹を疲れさせた。そして、いくらシャットアウトしようとしても自分についての悪評や批判などのあらゆる情報が着実に耳に入ってくる。もうこれ以上は耐えられず、抜け出すしかなかった。妻の陽子も体を壊していた。それで、二人はまたローマに旅立った。イタリアはどう考えても外国人が住むのに適当な国ではなかったが、彼はただ、どこでもいいから日本ではないところで一日でも早く小説を書きたかった。自分を守るために他には選択の余地がなかった。少なくともイタリアなら食べ物がおいしいのだから、それだけで文句なしに合格だった。

出版社には「旅行記を書く」と言って日本を後にした。ローマを拠点として、スペツェス島、ミコノス島、シチリア島などにそれぞれひと月ずつ滞在した。生まれつき人見知りの村上春樹なので現地の人たちとの接触は極端に少なかったが、唯一の例外はミコノス島のレジデンスの管理人をしていたゾルバ系ギリシャ人の六十代の男性、ヴァンゲリスだった。『ノルウェイの森』の余波で不安定な精神状態だった彼は、ヴァンゲリスの温かさに心を開いていった。その当時の話はほどなく『遠い太鼓』という長い旅行記に記されることになる。

作家のペルソナ

「あなたっていったい何を考えているのかわからないわ。」

『ノルウェイの森』の緑は口をとがらせて言う。そう言いながらも、彼女たちは進んでワタナベを気にかけ、彼に関わり、自発的に巻き込まれていく。彼女たちは自分を能動的にしてしまうその男が決して嫌いではないのだ。

知的でありながらも孤独で存在感が薄く、どこか変わっていて影のある少年のような男。村上春樹の小説にはいつも似たような三十代の専門職の男が登場する。その男はどんなにつらいことがあっても規則的な生活をないがしろにしない。たとえば運動と家事のようなものだ。些細なことが世の中を変え、「何でもなく見えるもの」が実は世の中を間接的に支える重要な役割を果たしているという春樹のストイックな生活哲学が反映されているのだ。小説『ダンス・ダンス・ダンス』に登場する「文化的雪かき」のようなもの、つまり匿名の小さな献身の集合で世界は幸運にも回っているというのだ。

春樹の小説の男主人公たちには特有の「家事労働の哲学」がある。彼らは丁寧にアイロンをかけ、掃除をし、料理をする。「ありふれた食材」もしくは「冷蔵庫に残っている食材」を使うのがお決まりだ。

わざわざ買い物に行って立派なものを作るのではなく、ただ冷蔵庫を開け、そこにある材料でさっと作るのだ。まるで私たちにできることは与えられた次元のなかで最高の成果をあげることだけなのだというように。

小説の主人公たちは、独り泳いだり走ったりしながらストイックに体を鍛えている。限界まで自分を追い込み、それによって一段深い思索にふける。男主人公たちを過度に感傷的にしすぎないための装置なのかもしれない。その強靭さは静かに光を放つ。自分と正面から向き合うためのスポーツだからだ。

男たちはシャイで寡黙だ。口数が少なく、必要なことしか言わない。それが女性に向けられたときは、言葉の一つ一つに多くのものが濃縮されて力が籠っている。これだから女性の心をむずむずと刺激するのだ。

「春の熊くらい好きだよ」(ノルウェイの森)

「私のヘア・スタイル、好き?」

「すごく良いよ」

「どれくらい良い?」

「世界中の森の木が全部倒れるくらい素晴らしいよ」

「本当にそう思う?」

「本当にそう思う」(ノルウェイの森)

あまりいい女と関わると、もとに戻れなくなってしまう(国境の南、太陽の西)

「君を見ていると、ときどき遠い星を見ているような気がすることがある」(国境の南、太陽の西)

「すごく元気そうに見えるよ。日焼けが魅力的だ。まるでカフェ・オ・レの精みたいに見える」(ダ

ンス・ダンス・ダンス）

「また近いうちに誘っていいかな？」と僕は訊いた。

「デートに？　それともホテルに？」

「両方」と僕は明るく言った。「そういうのは、ほら表裏一体なんだ。歯ブラシと歯磨きみたいに」（ファミリー・アフェア）

「女の子一人一人には綺麗な引き出しがついていて、その中にはあまり意味のないがらくたがいっぱいつまっている。僕はそういうのがとても好きだ」（羊をめぐる冒険）

「どうしてそんなに私を取り戻したいの？」

「愛しているからだ」

「そして君も同じように僕を愛しているし求めている。僕にはそれがわかる」
（ねじまき鳥クロニクル）

「君はとてもきれいだよ。そのことは知ってた？」（アフターダーク）

単にもっともらしく相手が喜ぶようなことを言うよりも、相手の感情を尊重して彼女に耳を傾けているからこそ出てくる言葉なのではないだろうか。とにかく、なんとしても最善を尽くす男たちなのだ。

有名になるということ

成功はいつでも周囲の嫉妬を呼び起こす。そして、有名になるということは、本人が覚悟するか望むかする以外は悪夢になりやすい。店をやっていたときでさえも内気で社交性ゼロのスタイルを貫いた村上春樹は、小説ひとつで「寝て起きたらスター」になっていた現実にただただ戸惑うばかりだった。友人を失い、お金が入ったことの他に『ノルウェイの森』によって生じた面倒な問題があった。

マスコミの過度な関心は次々と副作用を引き起こしていった。私生活を大事にする春樹は、蜂の群れのように追い回してくるマスコミを極度に嫌っていた。すると、記者たちは取材に非協力的な村上春樹に不満を持ち、生意気だと罵るようになった。だが、春樹としてはマスコミという権力を振りかざし、自分がしたくないことを強要してくる雰囲気が我慢ならなかった。例えばイラン・イラク戦争についてどう考えているかと聞かれても、文学とまったく関係のない話はしたくないといって回答を拒否した。少なくとも新聞の紙面を通してそんな話をしたくはなかったのだ。質問に答えないからといって、一体なぜ偉そうだと罵られなくてはならないのかも理解できなかった。

さらに、マスコミが村上春樹の親にまでつきまとい、彼の私生活が不本意に露出したこともあった。

これは彼にとって大きな衝撃だった。この出来事をきっかけに両親と何年も口をきかなくなるほど家族関係も悪化した。村上春樹はマスコミと決して親しくはなれない作家だった。他の作家たちは一度でも多くメディアに名前が出ることを望んだが、彼はただ自分が望む小説を書きたいだけで、だれよりも読者がそれを読んで各自で判断してくれることを望んでいた。「マスコミの利用」とはまったく縁のない作家だったのだ。

また、保守的な日本の文壇からの冷たい批判にも耐えなければならなかった。彼らはまず世間を賑わせていた「村上春樹症候群」に露骨に反発した。文学評論家たちは、村上春樹がデビュー十年にして『ノルウェイの森』を書いたことについて、なぜこれまで前衛的な作品を生み出してきた作家が突然ごく平凡でありきたりなラブストーリーを書いたのか、なぜあの程度の小説がベストセラーになるのかと辛辣に批判した。「村上春樹はもう作家としておしまいだ」とまで囁かれた。村上春樹にしてみれば、『ノルウェイの森』は「怠慢さの結果」や「大衆性への迎合」ではなく、ギリギリの新たな挑戦だったというのに。大ヒットを出したのだからそのくらいは我慢すべきだと言う人もいるかもしれないが、彼の場合は少し違っていた。なぜなら『ノルウェイの森』は個人的な経験を言葉で表現した自己救済の作業だったからで、自分のいちばん柔らかく脆弱な部分を人に曲解され、非難されるのは耐えられないことだったのだ。

その他にも、評論家たちは村上春樹がビーチ・ボーイズやマクドナルドなどのアメリカンブランドを乱発しすぎるといって、彼をアメリカポップカルチャーの崇拝者だと非難した。「バタ臭い」というのだった。ノーベル文学賞の受賞者である大江健三郎も、当時の春樹については酷烈だった。「村上春樹は日本の未来のために新しい代案を提示することに失敗した」というのだ。この村上攻撃はより一層加熱して、ついには「村上春樹が日本文学を破壊している」という声まで聞かれるようになった。こういう根拠のない批判に対しては、我慢強く堪えてきた村上春樹も怒りを感じずにはいられなかった。翻訳家、柴田元幸とのインタビューで彼はこう反論している。

〝だってね、僕ごときにだめにされるような文学なんて、最初からだめだったんじゃないか、というふうに正直に言って思いますね。〟[41]

人々のこうした根拠なき非難は、ある意味では凶器に近かった。『ノルウェイの森』が出る前、『世界の終わりとハードボイルド・ワンダーランド』を発表して間もない頃にこういうこともあった。家を建てようと某銀行に住宅ローンの相談をしていたときのことだ。担当者との話が順調に進んでほっと一安心していたら、何日か後にその担当者がうちにやってきて唐突に「ローンはお貸しできないことになりました」と言うのだった。急にどうしたのかと尋ねると、「笑っていいとも！」を見ていたら、出演していたある作家が「村上春樹は作家としてもうダメだ。これから先は何も書けないだろう」と言ったというのだ。春樹は呆れてものが言えなかった。もちろん腹も立った。すぐに銀行を変え、そちらの銀行で無事にローンを借りられはしたが、それにしてもひどい話だった。

しかし、そもそもなぜこれほどまでに反感を買ったのだろうか。春樹がのけ者にされやすいタイプだからなのか。端的にいうと、彼のスタイルが既存のものとあまりにもかけ離れていたからなのだろう。しかし、問題は「違う」ことを認めずに「間違っている」と攻撃するところにあった。村上春樹の作品は、自ら強調するとおり、そして意図しているとおり、既存の日本の作風とは違っていた。

〝僕の文章とスタイルは従来の日本文学とは違います。僕が独自に創り出したものです。〟[42]

しかし、多くの文学評論家たちは、保守的であるだけではなく、日本文学の固有性と伝統を継承したいと思っている。

〝日本の文学界ではリアリズムのスタイルが好まれます。問題に対する明確な答えと結論。でも僕の物語にはそんなものはありません。〟[43]

村上春樹は小説家になるというのは非常に個人的な行為だと思っていた。小説家はみんな自分の好きなことを好きなように書いて、それを出版社に売ったお金で生活し、気が進まなければ誰とも付き合わなくてもいい人たちなのだと思っていたのだ。ところが、作家の社会だからといって例外ではなかった。結局は文壇というところも息苦しい日本の社会組織の縮図でしかなかった。その現実にぶつかったとき、彼は驚かずにはいられなかった。

村上春樹は日本の文学界とは本当に関わりたくないと思っていた。ひょっとしたら、彼らが村上春樹を閉め出す前に、春樹が先に彼らを閉め出してしまったというほうが正しいのかもしれない。なにより彼は既存の日本文学が固守してきた純文学と私小説というスタイルに耐えられなかった。自分自身を相対化せず、ただ「私」をありのまま晒しながら読者に迫っていくというのは想像するだけでもうんざりだったのだ。また、小説の世界だけではなく、現実の文壇内における人間関係の激しい圧迫も厄介だった。よく言えば業界内の結束が強いともいえるが、その結束が必要ない人にとっては無駄な拘束であり、干渉でしかなかった。

下から順々に上がっていかなければならない確固たる序列システム。その頂点に登りつめると、今

度は他の作家を「審判」する資格が与えられ、年功序列制度のように大人しく待ってさえいれば結果的に賞が順々に回ってくる。それについて村上春樹は「お互いの作品を読みはするが、自分たちが何を読んだのか気にもしていない」と指摘する。

また、作家たちは文庫版の新刊が出ると互いに解説を書き合うことで「エール交換」をするのが慣例であり、「業界の仁義」だった。しかし、村上春樹はべたべたした人間関係に巻き込まれるのが嫌で、原則的にはそういった依頼は一切引き受けなかった。作品はそれ自体で厳然と自立すべきものであって、人の助けや解説なんかは不要だという。また、彼らの会合も嫌だった。出版社の接待を受けたり、他の業界の有名人たちと付き合ったりすることもごめんだった（日本では作家と芸能人がやたらと親しくしていることがある。男性作家と女性芸能人のカップルも多いし、親しい芸能人の名前を挙げて自慢する作家もいる）。しかし、春樹はただ静かに悠々と暮らしたいだけだった。とにかく放っておいてほしかったのだ。

しかし、村上春樹ほど「噛みつきやすい」エサが他にあるだろうか。彼らが春樹を放っておくはずがなかった。そこで春樹が講じた策は、自分についての批評や記事は一切読まないというものだった。小説家は自分の好きなように本を書く権利があり、批評家も同じく好きなように批評する権利があるということを認めることにしたのだ。最初のうちは何かの参考になるかもしれないと思って読んでいたが、実際には自分にとって有益な気づきを与えてくれる批評はほとんどなかった。その少ない収穫のために、その他の無意味な批評にすべて目を通すのはいくら考えても非効率的だった。

精神的な消耗も想像以上に大きかった。当然、褒められれば嬉しいし、けなされれば腹が立つが、それで一喜一憂するのはひどく疲れることだ。しかも記憶力というのが実に厄介なもので、普段は物忘れがひどくていつも妻に文句を言われているというのに、誰が悪口を言って誰が褒めてくれたかは、なぜかそう簡単に忘れられるものではないのだ。知人が自分を批評したからといって変に気まずくなるのも嫌だった。

直接読まなくても自然と耳に入ってくる批評もあった。それを聞いていると、とんでもない批評をかなりたくさんの人が真に受けているということがよくわかり、それが春樹には驚きだった。厳密に言うと、彼が嫌だったのはでたらめな批評自体ではなく(でたらめといっても評論家が自由にしていることなので仕方ない)その批評がメディアという権力をバックに一般の人々にまで作用する「暴力性」だった。新聞という公共メディアに載ったという理由ひとつで「ああ、村上春樹ってそんなやつだったのか」とすんなり納得してしまう一方性。「これは推測ですが、こう思います」と書くならまだいいが、なんの根拠もなく「これはこうだ」と偉そうに断定したり、ときには「村上春樹はこういうふうに思って書いた」と、まるで彼の頭の中に入ってみたかのように書いたりするものがあるのは非常に不快だった。

しかし、春樹は批評に対する批評はしなかった。やっても意味がないからだ。ただ自分を慰めて終わりにする。批評家は小説を必ず読まなければならないが（彼は「もちろん全部読んでから批評しているんですよね？」というどきっとする質問をインタビュー中に投げかけてみたりもする）、小説家には批評を読む義務はない。そういう意味では小説家が一枚上なんじゃないか、と春樹は言う。

episode. 3

おまえはなんか違う

私が初めて覚えた言葉は日本語だった。小さい頃、親の仕事で日本に住んでいたからだ。幼稚園と小学校の低学年までは横浜の学校に通っていた。「リン・ケイセン」という変わった名前（林慶琁の日本語読み）の韓国の女の子。今思えば、そんな名を名乗っていても一度もいじめられなかったのが不思議なくらいだ。変な名前だとご親切に指摘してくる子たちもいたが、それはからかっていたわけではなく幼い子供の純粋な好奇心でしかなかった。

小三のとき私は韓国に戻った。家族とは韓国語と日本語を交ぜて使っていたので、幸い韓国語を話すほうはなんとかなったけれど、問題はハングルの読み書きがまったくできないことだった。学校が終わると、鞭を手にした祖父の特訓が待っていた。ハングルの読み書きが苦手では、当然学校生活にも支障があった。

担任の先生はわざわざ私を級長（当時、小学校の級長は必ずと言っていいほど男の子だった）の隣に座らせてくれた。テストのときも、その子の答えをそのまま写せばいいと言っていた。私はその子の名前まで忠実に書き写したテストを提出してクラスの笑い者になった。多少恥をかいたけれど、たいしたことではなかった。そのくらいは愛嬌だ。知らなかっただけのことだし、私の韓国語の実力はだれが何といおうと日増しに上達していたのだから。

問題は隣の席の級長だった。はじめのうちはみんなが私を「外国から来た子」と呼び、好奇心に満ちた目で見つめていた。韓国についてあれこれ教えてくれることもあった。級長はクラス中の注目を集めている私を独占するかのように、いつも張りきってみんなの前で私の面倒を見ているアピールをした。私はちょっと日本語でも披露して、みんなを楽しませていればよかった。級長はそうやって私を支配し、私もあえて級長であるその子に逆らうこともなかった。

ところが、「日本語ショー」は次第に目新しさを失い、級長の自慢にはならなくなった（考えてみれば猿が曲芸を披露するのと同じだった!）。彼には新たな楽しみが必要だった。そして、その子は先生の見ていないところで私を「チョッパリ」と呼んでいじめるようになった。周りの子たちもそれを知りながら止めはしなかった。小三だったとはいえ、級長は立派な権力者だったのだ。

転校してきた子が耐えなければならない儀式だったのだろうか。私は悩んだが、とりあえず我慢することにした。どうせ来年にはまた外国に行ってしまうのだから。ところが、そのうち我慢の限界を越え、結局私は爆発してしまった。授業中に悲鳴を上げながら級長と自分の机をひっくり返してしまったのだ。

クラスの子たちは凍りつき、担任の先生は戸惑っていた。そして、その次の日には私の席が変わっていた。もちろん級長が叱られることはなく、その日の出来事はなかったことにされた。私もあえて親に話すこともなかった。

今ではその時のことを淡々と振り返ることができるが、どう考えても級長の行動は不条理な暴力だった。子供は明るいだなんてだれが言ったのだろう。その後も私は大学に入るまでに韓国と外国を全部で七回も行ったり来たりした。正直、外国で感じる疎外感はある程度は避けられないものだとしても、自分の国である韓国で明らかに差別されるというのは本当に理解できなかった。

私の外国かぶれの行動が彼らを不快にさせたのだろうか。そうだとしたら、それが何だったのかを正確に知りたかった。私の行動でだれかが傷つくことは私自身も望んでいなかったのだから。しかし、彼らはいつも「おまえはなんか違う」という一言だけを吐き捨てて、あとは何も言わなかった。説明のない宣言のようなその言葉は、今でも私がいちばん嫌いな韓国語だ。

「定住旅行者」の生活

いつの間にか四〇代になった村上春樹は、今度はアメリカ東部に移り住んで執筆に取り組むことになった。一九九一年、当時四二歳だった春樹はニュージャージー州にあるプリンストン大学に客員研究員として招かれたのだ。研究テーマは自身が敬愛する作家スコット・フィッツジェラルドだった。フィッツジェラルドはプリンストン大学の卒業生のなかで最も有名な人物の一人だ。

続いて一九九三年にはマサチューセッツ州ケンブリッジのタフツ大学に客員作家として招かれ、一九九五年までの計五年をアメリカで過ごすことになる。『ノルウェイの森』騒ぎ」以来ボヘミアンのように外国を転々としてきた村上春樹は、ここに来てやっとある程度安定した居場所を作ることができたのだ。

村上春樹の初めてのアメリカ旅行は意外にも遅かった。彼は三五歳のときに初めてアメリカを訪れている。六週間あちこちを旅して、彼が尊敬する作家であるスコット・フィッツジェラルドの母校プリンストン大学も訪問した。また、ワシントン州のポートエンジェルスに行き、アメリカ人作家レイモンド・カーヴァー（村上春樹は当時日本では知名度がなかったレイモンド・カーヴァーの作品を見つけ出し翻訳していた。レイモンド・カーヴァーは村上春樹の翻訳によって日本で有名になる）と彼の妻である詩人のテス・ギャラガーの家も訪問している。

しかし、今回のアメリカ行きは単なる旅行ではなかった。彼の表現を借りると「定住旅行者」としての滞在だった。しかも、村上春樹は客員教授としてアメリカの学生たちに日本文学を教える立場にあった。あれほど人見知りの春樹がだ。自分が好きな短編小説をいくつか選んで日本文学セミナーを開いたり、他の大学を回って講演をしたりもした。人一倍シャイな性格の春樹だが、人前での講義は予想していたほど苦痛ではなかった。とくに若く熱意あるアメリカの学生たちとの討論は非常に面白いものだった。彼らは学ぶことに熱心だったし、積極的・主体的に発言する文化もよかった。日本の大学ではなかなか見られない光景だった。

大学で自分に与えられた役割をこなす以外の時間は、アメリカ人作家、レイモンド・カーヴァーの作品の翻訳に力を注いだ。そして、もの悲しい恋愛小説『国境の南、太陽の西』を執筆した。アメリカ東部の研究熱心な大学のキャンパスタウンは、彼が静かに作業するのに最適な環境を提供してくれた。探し求めていた静穏な雰囲気、その中で村上春樹は本来の自分のペースで仕事に取組み、人付き合いや外出はほとんどしなかった。実際その町での付き合いといっても、ときどき同僚の教職員たちとのホームパーティーがある程度だったし、ニューヨーク市への外出も月に一度ほど用事があるときにするだけだった。

　アメリカでは電話がかかってくることもほとんどなかったし、原稿の依頼で煩わせてくる人もいなかった。それに、人に会うことも少なく、無駄な情報が入ってこないこともよかった。アメリカの人たちは他人のことに関与してくることがまずなかったし、クールで個人主義の国だから村上春樹とは「仕事の相性」がぴったり合っていた。春樹は自分の仕事に集中することができただけでなく、多民族社会特有の包容力のおかげでヨーロッパにいたときより気楽に人と付き合うことができた。

　アメリカという国の公平性と融通性に好感を持ったミスター村上に対して、アメリカの文学界も次第に関心を見せるようになっていった。なんといっても彼は日本人として初めて短編小説が『ニューヨーカー』に掲載された作家となったのだ。その短編小説はファンキーなテイストの「TVピープル」で、アメリカの文壇デビューは成功に終わった。春樹は感激した。知性的で才知あふれる文芸誌『ニューヨーカー』は彼にとって「聖域」に属する雑誌であり、どうして日本にはこういう雑誌が存在しないのかと嘆くほど学生時代から愛読してきたのだ。

　そんな雑誌に自分の小説が載るということは彼にとって「月面を歩く」のと同じくらいすごいことで、どんな文学賞をもらうよりも嬉しいことだった。村上春樹が敬愛するトルーマン・カポーティ、J.D.サリンジャー、アーウィン・ショー、ジョン・アップダイク、レイモンド・カーヴァーなどがみんな『ニューヨーカー』でデビューした作家たちだったため、その喜びはさらに大きかった。彼らは『ニューヨーカー』に短編小説が掲載されたことをきっかけとして歴史に名を残す作品を書いた作家たちなのだ。

幸いにも「TVピープル」はアメリカの読者の評判も上々で、『ニューヨーカー』はその後も続けて彼の作品十二編を採用してくれた。一九九三年に『ニューヨーカー』が村上春樹に優先契約（英訳された作品を最初に『ニューヨーカー』に見せるという契約）を結んでくれないかと申し出てきたとき、村上春樹は少しの迷いもなく即座にサインするほど「ニューヨーカー作家」の列に加わることを喜んだという[44]。

アメリカは日本とはまた違う新たな開拓地だった。アメリカ生活は村上春樹にいろいろな意味で新鮮な刺激を与えてくれた。春樹はアメリカ滞在中にニューヨークで自分の作品の翻訳出版を引き受けてくれる作家エージェントと出版社を自ら探しまわることにした。おそらく日本人作家でこれまでにそんなことをした人はいなかったはずだ。しかし、春樹は自分でしなければ意味がないと考えていた。日本での知名度を捨て、海外という新しい場所でもう一度ゼロから自分の力を試してみたかった。日本で得た名声がそのままアメリカでも通用するだろうなどという安易な考えはなく、アメリカという巨大なマーケットで一人の新人作家として正面から実力を試してみたかったのだ。

　周りからは無謀だと止められることもあったが、彼は長期的な目標を立て、時間をかけ、ひとつひとつ難関を克服していく過程を楽しんだ。『ノルウェイの森』で精神的にもずいぶん参っていたので、なにか新しい挑戦や動機付けが必要だったのかもしれない。

　アメリカの出版市場は、周りから警告されたとおり生易しいものではなかった。一九九三年に『象の消滅』という短編集を出したときも、エージェントや出版社から「アメリカのマーケットでは相当有名な作家でない限り短編集は売れないから期待しないでくれ」と事前に言われていたという。その言葉のとおり、ハードカバーの販売部数はかなり低調だった。プリンストン大学のキャンパス内にある書店が客員作家への礼儀で本のサイン会を開いてくれたときも、それなりに人が来るだろうと思っていたのに、ふたを開けてみたらたった十五部しか本が売れなかった。当然列はすぐに終わり、春樹自身も戸惑ってしまった。それで、向かい側でサイン会を開いていたあるアメリカ人作家（その作家もやはりすぐに列が短くなっていた）と席に座ったまま雑談をした。こんなとき日本だったら普通どうにかして人を呼ぶか関係者を動員するかして体裁を保とうとするのに、アメリカの編集者たちは「人が来ないならしかたない」という態度で、そんな部分も面白かったと彼は振り返っている。

　こんな多少気まずい経験もしたが、アメリカ文壇からの良い評価は春樹に大きな力を与えてくれた。

それに励まされた春樹は、自ら見つけ出した自分の作品に限りない好感を持ってくれているエージェント、そして出版社と力を合わせて、翻訳作品を意欲的に出し続けた。彼の英語版の作品はアメリカのマーケットでベストセラーにこそなれなかったものの、ありがたいことに今でも絶版にならずに十年以上コンスタントに売れ続けている。

ハーバード大学の学生会館にある書店の二階のフィクションコーナーには村上春樹専用の独立した棚があり、そこには彼のすべての英語版の小説が並べられている。春樹は「ここの店員さんのだれかが僕のファンに違いない」と言ってとても喜んでいたそうだ。それが本当ならば、それは新人になったつもりで自らの足で新しい可能性を開拓した村上春樹自身の「功」だと言えるだろう。

episode. 4

スティーヴン・キングの深い絶望

アメリカを代表するベストセラー作家の一人は誰が何と言おうとスティーヴン・キングだろう。村上春樹はアメリカに住んでいた頃わざわざメイン州まで車を走らせ彼の家を訪問した。スティーヴン・キングに会いに行ったわけではなく、彼の家を外から眺めてそのまま帰ってきた。自分と同年配の作家であるスティーヴン・キングというキャラクターは、村上春樹にとってそれほど興味深い対象だった。作家としてデビューして間もない頃、『海』のインタビューで彼はその理由をこう語っている。

〝スティフン・キング[45]の小説は（あるいは文章は）僕を強くひきつける。（中略）彼以外にこのような同時代的共感を持てる作家が一人もいないからだ。そしてそのような唯一の共感が「恐怖」という形をとっていることに対して、僕は時折奇妙な気持になり、そして少々悲しくなる。（中略）「七〇年代の疲弊」を恐怖という限定された形でしか突き破れなかった暗さが僕にはひしひしと感じられるのだ。〟[46]

春樹はスティーヴン・キングの小説の奥底にある「深い絶望感」に惹きつけられた。スティーヴン・キングの描く恐怖は「人を愛することができない恐怖」だった。

スティーヴン・キングの小説に登場する人物のほとんどはブルーカラーの「下流人生」を生きている。これは作家自身のバックグラウンドに由来する。スティーヴン・キングの人生は暗鬱だった。一九四七年、メイン州の貧しい家に生まれ、ハイスクールを卒業するまで町の編物工場で生活費を稼がなければならなかった。ニューイングランドの寒く長い冬、小さな町特有の閉鎖性、家族を捨てた父親。何ひとつとして彼の助けになるものはなかった。

大学を出た後も家族を養わねばならない義務感から気が進まぬままにハイスクールの英語教師となり、夏休みにはコインランドリーでボイラー係のアルバイトをした。スティーヴン・キングはボイラー室の片隅で、あるいは狭苦しいトレイラー・ハウスで赤ん坊をあやしながら小説を書いた。しかし、彼が出版社に送った原稿はことごとく送り返されてきた。映画「シャイニング」の主人公である小説家志望のジャック・トランスの生活は、スティーヴン・キングの当時の姿そのものだといっても過言ではない。そんな彼も、ついに『キャリー』でミリオンセラー作家となるが、それまでの人生は暗澹そのものだったのだ。

同世代の作家だということの他にも、スティーヴン・キングが「つらい肉体労働を経験した作家」だという点、そして自分が不可避に置かれた厳しい環境のなかでも自らの力で作家になったという点に村上春樹は深く共感した。また、彼があえてスティーヴン・キングという「大衆小説の象徴」ともいえる作家を文芸誌で取り上げようとしたのには、大衆小説を鼻で笑う文学評論家たちに対する反発心もあったはずだ。大衆文学を「低質」だと一方的に罵るのは不公平だからだ。

翻訳する小説家

長編小説に短編小説、そしてエッセイを続けて執筆するなかでも、翻訳作業は食事をするのと同じようなものだった。それもそのはず、村上春樹にとって翻訳は仕事ではなく昔からの趣味だったのだから。

村上春樹は、高校時代にだれよりもトルーマン・カポーティの小説の美しい文章に魅了された。カポーティの文章を読むと「こんな素晴らしい文章が存在するのか」と感動せずにはいられなかった。誰に頼まれたわけでもないのに、一日中カポーティの本を翻訳するのに没頭することもあった。自分の手でカポーティの見事な文章を日本語に移し換えていく過程そのものが幸せだった。その「見事さ」に自分も関わっていることが誇らしくもあった。大学生になってからはスコット・フィッツジェラルドの作品を気の向くままに翻訳した。春樹にとって、音楽を聴くことのほかに翻訳ほど楽しい趣味はなかった。

だからといって翻訳家になるつもりはなかった。ただ翻訳が好きで、文章が好きだっただけなのだ。特にフィッツジェラルドとカポーティの文章を尊敬していたが、その二人の作家は春樹にとって本当に格別だった。カポーティやフィッツジェラルドの文章には美しさがあり、感情があり、そして確固たる「スタイル」があった。その精緻な文章を翻訳していると、心が洗われるような喜びを感じることができた。書いた人の気持ちが文章のなかに息づいていた。この二人の文章を翻訳していると「文章というのはこれぐらい書けなくちゃいけないいんだなあ」と身が引き締まる思いがした。[47]

翻訳は村上春樹を癒やしてくれる友でもあった。ずきずき痛む頭を抱えた彼にとって、翻訳は息抜きのような脱出口だったのだ。小説が書けなかったときも、翻訳だけはいつでもどこでも続けることができた。さらに、翻訳は彼の孤独も慰めてくれた。翻訳をしていると、相手の作家がどういうふうに書いているのかがひしひしと伝わってくる。ある意味では翻訳家が感じるのとはまたちょっと違った次元のシンパシーであり、小説家だけが感じることのできる種類の共感だった。

「ここで迷ってるな。ここで詰まって、ここは飛ばしてる」もしくは、「ここは止めてじっくり書いている」というふうに、作家の気持ちが「翻訳する小説家」にはよく伝わってきた。まるで留守の家に入っていくような感覚だ。

それだけではなく、翻訳はさまざまな楽しみをもたらしてくれた。作品を発掘する楽しさもあり、草稿翻訳の楽しさもあった。校正さえも楽しかった。また、日本ではあまり知られていない海外の作家の作品を一番先に紹介する喜びもあった。

翻訳は村上春樹に実質的な助けも与えてくれた。なぜ彼がこんなに多くの翻訳を手がけるのか人々は不思議がったが、翻訳は春樹が小説を書くうえでの大きな助けになっていたのだ。小説はそれまで生きてきた経験をもとに書かれるが、小説家が自分について自分が知っていることだけを書いていたらどうしても一つのスタイルに固着しやすい。だから小説家には外部からの絶え間ない刺激が必要なのだ。ところが、翻訳をしていると、ほかの作家の目で広い世界を見ることができ、そういうものが翻訳家にとって有形無形の財産になる。小説家は小説を読まなければおしまいだ。そういう意味でも、どうせなら翻訳する作品を選ぶときに自分が何かを学べる作品を選べば一石二鳥なのだ。

また翻訳には相性というものがある。村上春樹の場合、翻訳するとき何度となく「僕がこの人の作品を翻訳してもいいのか」と自問するという。村上春樹が翻訳の是非を決める基準は「自分がどれだけその作家にコミットできるか」だ。翻訳は村上春樹にとって一人の女性と付き合うことに似ている。「お、悪くないな」と思ってちょっかいを出してみるのではなく、果たして自分が最後まで責任をとることができるのかと真摯に考えてみるのだ。そこまで考えた結果、これだけはどうしても翻訳したいと思った作品が『キャッチャー・イン・ザ・ライ』と『グレート・ギャツビー』だった。

これだけ翻訳を讃えながらも、翻訳という仕事には向き不向きがあると春樹は断言する。翻訳は一人机に向かって一日中黙ってこつこつとやる仕事なので、誰にでもできる仕事ではない。なんでも一人できる人でなければならず、なおかつ体力が必要だ。じっと座って持続的にものを書くということは本物の体力勝負なのだ。文章に対する集中力をどれくらい維持できるかもとても大事な要素だ。訓練である程度は身につけることができるが、なにより翻訳家の努力が必要で、「文章に対する愛」がなければできないと力説する。

最後に、翻訳は一種の技術なので絶えずトレーニングをする必要があり、わからない単語があれば望む答えに辿り着くまでしつこく辞書を引いて探し出すだけの根性が求められるという。これらの条件を見ると、村上春樹がどれほど文章の正確さと精巧さを大事にしているかが伝わってくる。

文学労働者レイモンド・カーヴァー

村上春樹にとって「特別な意味」を持つ作家は多い。トルーマン・カポーティ、レイモンド・チャンドラー、スコット・フィッツジェラルド、ドストエフスキーなど。しかし、その多くは今は亡き人物であるか、「空に輝く星のような存在」として仰ぎ見るしかない人たちだ。そのなかで唯一彼が体温を感じられる文学的同行者というのが、まさにレイモンド・カーヴァーなのだった。

レイモンド・カーヴァーは春樹にとって同じ時代をともに生きる作家であり、深く感情移入できる作家だった。しかし、二人は実際にはたった一度しか会ったことがない。それでも、師匠や同僚もいないまま一人黙々と小説を書いてきた春樹にとって、レイモンド・カーヴァーは存在そのものが温かい慰めだった。偶然出会ったレイモンド・カーヴァーの小説は愚直で正直だった。村上春樹にとっては予想外の新鮮な発見だった。そこで、日本ではまったく知名度のなかったこのアメリカ人作家の作品を自ら翻訳しようと名乗り出たのだ。

村上春樹はレイモンド・カーヴァーのどんなところを高く評価していたのだろうか。彼は、レイモンド・カーヴァーの視点が現実的なラインから決して外れないところに好感を持っていた。

レイモンド・カーヴァーは上からものを見下ろすこともせず、下から上に仰ぎ見ることもしなかった。村上春樹の言葉を借りると、まず地べたを自分の足で踏んで確認して、そこから少しずつ視線を上げていくという。別の言い方をすれば、レイモンド・カーヴァーはどんなことがあっても知ったかぶりの気どった小説を書く人ではない。口達者を嫌うだけではなく、ズルをせず、抜け道や割り込みを嫌う作家。レイモンド・カーヴァーの愚直さは村上春樹をほっとさせてくれた。

〝レイモンド・カーヴァーにとっては、死に物狂いで自分の身を削ってものを書くというのは最低限のモラルだったんです。だからそういうモラルを実行してない人を目にするのは、彼には耐えがたいことだった。〟[48]

レイモンド・カーヴァーは基本的に温かく親切な人だったが、作家として最善を尽くさない人間にはどうしても友だちとしての親愛の情を持つことができなかったという。その人がいくら「いい人」だったとしても、その「いい人」という視点すら否定されてしまうのだ。そういう点で、レイモンド・カーヴァーは村上春樹にいい意味での緊張感を与えてくれた。

作家レイモンド・カーヴァーは、スティーヴン・キングと同じように貧しいブルーカラーの家庭に生まれた。同じように苦労して学校に通い、必死に小説を書いて作家になった人物だ。カーヴァーの父親はワシントン州の製材所で働き、母親は事務員やウェイトレスをして働いた。いわゆるアメリカの地方都市の典型的なワーキング・クラスの家庭である。しかも、父親はアルコール依存症で、経済面はおろか精神的にも厳しい境遇のなかで育った。

レイモンド・カーヴァーは、自身も高校卒業後、半年間父親と同じ製材所で働き、当時まだ十六だった村の少女と結婚した。しかし、故郷の村の「出口のない暗鬱さ」は彼を苦しめ、幼い年で家長となった彼は、結局妻と子どもを連れてその村から逃げ出してしまった。

レイモンド・カーヴァーは、紆余曲折の果てに比較的学費の安い大学に入学した。そして、念願だった創作の勉強をしながら、大学の文芸誌を中心に創作活動を始める。しかし、経済的な状況は一向に改善されなかった。特に一九六〇年代はカーヴァーにとって苦難の時代で、教材出版社の編集者の仕事に就いて安定的な収入を確保するまで、チューリップ摘み、ガソリンスタンドのアルバイト、病院の雑用、トイレ掃除、モーテルの管理人など、ぱっとしない仕事をいくつも掛け持ちしていた。それでも二度も自己破産申請をしなければならなかった。その後、急激なアルコール依存に陥ったが、不幸中の幸いで、一九八一年に出版された短編集『愛について語るときに我々の語ること』が文壇の注目を集め、彼は新たに作家としての人生を再構築しはじめた。

それに比べると村上春樹は裕福なほうだった。郊外住宅地に住むホワイトカラー家庭の一人息子らしく大切に育てられ、家は本であふれていた。二人の作家の少年時代の環境はまったく違うが、彼らの二十代の過ごし方には共通点がある。二人とも挫折と重圧を感じながら、あまり気の進まない仕事をしながら暮らしていた。レイモンド・カーヴァーの若者時代には楽しみというようなものは存在せず、ただ終わりの見えない絶望と貧しさがあるだけだった。他に選択の余地もないまま親と同じ製材所で日銭を稼ぎ、同じ酒場で夜毎に酒を飲んではストレスを発散させていた。

失業者になるか、もしくはアルコール中毒者になるかしかない酷烈な環境のなかにあっても、レイモンド・カーヴァーは諦めなかった。もしかしたら、小説を書きたい、詩を書きたいという切実な気持ちがあったからこそ、その希望で黙々と暗黒期を乗り越えられたのかもしれない。だから、レイモンド・カーヴァーは自分が遅咲きではあっても作家として生活していられることに対して日頃から謙虚に感謝する気持ちを持っていた。春樹は、カーヴァーのそんな姿勢に親近感を持った。

一方で、レイモンド・カーヴァーの厳しかった暮らしは彼の小説の題材にもなっていた。ワーキング・クラスの家庭に生まれ育った人間として、ブルーカラーの日常生活を描き出すことにカーヴァーは大きな意味を見出した。また、「自分が彼らについて書かなければ、一体だれが彼らの疎外された物語を書けるというのか」という作家精神もあった。少なくともカーヴァーは労働者たちの本当の悲しみと苦しみ、喜び、誇りなどを理解できると自ら確信していた。彼は骨の髄まで真の寡黙な労働者だったのだ。

カーヴァーと春樹は作風も文章のスタイルも大きく異なるが、深い内面で繋がっていた。実際に春樹とカーヴァーが小説で描き出そうとしていたものは互いに似ていた。二人とも決して派手ではない素朴な文体を誠実に扱うことができた。そして、小説の登場人物の大部分は英雄タイプではなく、はみ出し者、もっと言えば敗北者だったのだ。

一九八四年、村上春樹は最初で最後にレイモンド・カーヴァーに会った。春樹がカーヴァーの作品の翻訳を始めたころのことだ。初めて会ったレイモンド・カーヴァーの印象は、まずは大柄でやたら猫背だということ、そして、どこか落ち着かない様子で紅茶ばかり飲み、口数も少ない上に声も小さく、考えるのに時間がかかり、ときどきおかしな話をしては自分でも恥ずかしくなってタバコを吸う男、というものだった。そんなレイモンド・カーヴァーを見て、村上春樹は本能的に「小説家としても人間としても信頼できる人」だと感じた。傷つきやすいナイーブな人で、どこか強くもたれかかることのできる存在を探しているようなところがあった。寂しがり屋で、愛情のアディクションの傾向があるようだった。

レイモンド・カーヴァーに実際に会ってみて、春樹は彼の倫理観に感心した。レイモンド夫妻は実に素朴だった。彼らが食べているものや着ているもの、使っている家具などから彼らの堅実さが伝わってきた。村上春樹が知る限りでは、そういった現実的で堅固な生活感覚というのは揺るぎないものだった。世間的に成功したからといってそう簡単に変わってしまう性質のものではない。それを目にした春樹は、やはりこの人たちの世界はしっかりした地盤を持ったものなのだと悟り、感銘を受けた。

カーヴァーはまた「自分のような人間に会いにわざわざ日本から訪ねて来てくれるなんて」と恐縮しているところがあった。「自分は立派な作家なのだ」というような驕りはこれっぽっちもなかった。春樹が『マリ・クレール』のインタビューで有名作家ジョン・アーヴィングを訪ねたときとはまったく違う印象だった。もちろんジョン・アーヴィングが世間的にもよく知られた売れっ子のベストセラー作家だったためかもしれないが、スケジュールがタイトだからセントラルパークでジョギングをしながらだったらインタビューに答えてもいいと言ったジョン・アーヴィングは、実際には質問に誠実に答えるより、セントラルパークに落ちている馬の糞の文句を言いながら、村上春樹に「馬の糞に気をつけろ」とばかり言っていた。これは私の勝手な推測だが、ジョン・アーヴィングとのインタビューは村上春樹にとって愉快なものではなかったのではないか。しかし、カーヴァーは違った。小説だけではなく、人間的にも彼に対する愛情を感じることができた。

しかし、惜しくもそれが生まれてはじめてシンパシーを感じた作家との最初で最後の時間となった。

カーヴァーが一九八八年に肺癌でこの世を去ってしまったからだ。カーヴァーは一九八七年に春樹の勧めで日本旅行を計画していて、それを心待ちにしていた日本の「弟」は大柄な「兄さん」のために自宅に大きなベッドを用意していた。しかし、カーヴァーは約束していたその旅行を実現できないまま翌年にこの世を去ってしまった。カーヴァーの妻であり詩人のテス・ギャラガーは、春樹が自分の夫のことをどれほど大切に思ってくれていたかをよく知っていたので、葬儀の後、遺品の中から故人の靴を送ってくれた。そして、春樹はカーヴァー夫妻の写真を自宅の壁にかけた。カーヴァーにはたった一度しか会うことはできなかったが、その一度きりの出会いは春樹の人生に「温かいなにか」を残してくれた。

カーヴァーが亡くなった数年後、村上春樹はポートエンジェルスで一人暮らしているテス・ギャラガーの家を訪れた。春樹はカーヴァーの仕事場で彼が生前に使っていたタイプライターの前に座り、今は亡き人となってしまった彼に短い手紙を書いた。手紙を書いた後、カーヴァーの形見の中から彼が普段着ていた服をもらってもいいかとテスに尋ねた。その時もらってきた服は今も大事にとってあるという。

レイモンド・カーヴァーは春樹より十歳年上で、五十歳という若さでこの世を去ってしまった。春樹は自分が五十歳になったとき、カーヴァーに対する想いを胸にひとつの大きな決心をする。自分がレイモンド・カーヴァーのすべての作品を自らの手で翻訳することに決めたのだ。そして、それまでに翻訳できていなかった作品の翻訳を始め、二〇〇四年九月に待望のレイモンド・カーヴァー全集（全八巻）を完成させた。十四年間にわたるトリビュートだった。

彼が人々のもとへ

アメリカという国は村上春樹にゆったり自分のペースで執筆をするのにこのうえない環境を与えてくれた。過去に日本で溜め込まれた毒は徐々に薄れていき、春樹は安定を取り戻したかに見えた。しかし、いくつかの出来事によって彼の心の中の平和は再び崩壊してしまう。一九九五年一月、出身地の神戸で五千人以上が犠牲になる大地震が発生した。そして、その二ヶ月後には東京で地下鉄サリン事件が起きる。この二つの事件によって村上春樹の心は大きく揺さぶられることになった。民族主義者にはほど遠く、むしろ無国籍の個人主義者に近かった春樹が、四六歳にして初めて日本の読者に対する責任を感じはじめたのだ。日本に戻るときが来ていた。

〝僕がアメリカにいる間に、日本ではバブル経済が崩壊して不況がはじまり、阪神大震災と地下鉄サリン事件が起こりました。何もかもすべて変わってしまった。僕は日本のため、そして読者のためにできることを探しはじめました。〟[49]

春樹はアメリカ生活の締めくくりに写真家の松村映三と車で米大陸を横断する旅をした。そして、日本行きの飛行機に乗り込んだ。彼は被災したふるさと神戸で朗読会を開いて日本との和解を模索し、自分に何ができるかを考えはじめていた。彼はもうアウトサイダーではなかったし、これ以上アウトサイダーでいるわけにもいかなかった。二つの衝撃的な事件は村上春樹に初めて日本人作家としての社会に対する責任を感じさせた。しかし、何かをしなければならないのは確かだったが、それはものを書く領域ですべきなのか、それとも別の領域ですべきなのかはまだ答えが出なかった。

〝僕が一番びっくりしたのは、地震にしろ地下鉄サリン事件にしろ、僕が帰ってきたときにはすでに、みんなの興味が薄れていたこと。過剰報道というか、あらゆる方面から報道されすぎて、もうみんなうんざりし切っていた。(中略)あれだけ重要で深い意味を持った事件が、こんなにもたやすく消耗されていいのかという気持ちがすごくあったんです。でも、そんなことを言ってもだれとも話が合わないし、もうジョークになってしまっていたから、だったら、冗談ではないものを僕なりにやってみたいと考えた。〟[50]

当時、地下鉄サリン事件で実際に被害にあった人たちがどれほど苦しんでいるのか、どんな怖い思いをしたのかということはあまりメディアに取り上げられることもなく、あったとしてもせいぜい同情する程度にとどまっていた。

村上春樹はそうした上辺だけの報道ではなくて、もっと具体的な体験があるはずだと確信していた。そこで、まずいちばん付き合いの長い出版社である講談社に話を持っていった。出版社側は快く承諾してくれたが、彼がなぜあえてそんなことをしようとするのか理解できない様子だった。村上春樹が持ち込んだ企画というのは、地下鉄サリン事件の被害者たちへのインタビューで構成されるノンフィクションだった。春樹は作家としてではなく、忠実な傾聴者でありインタビュアーとして彼らの言葉をそのまま伝える役割に徹しようとしていた。出版社はなぜ直接自分の言葉で書かずに人の言葉をそのまま形にするだけの受動的な立場をとるのか怪訝に思ったようだったが、全体図が見えてくると作家の意図を理解してくれた。

はじめはインタビューの対象者である地下鉄サリン事件の被害者たちにも彼の意図は理解してもらえなかった。有名な小説家だからという理由で反発されることもあった。その分、春樹は一層相手の話を真剣に聞き、できる限りそれを忠実に文章にしようとした。とにかく自分がインタビュー当事者たちの切実な真実をしっかり受け止め、ありのまま伝えられる誠実な媒介者であろうと努めた。

一九九六年の年初から年末にかけて地下鉄サリン事件の被害者と関連する人、計六十二名へのインタビューが続けられた。被害者たちは、会社のために懸命に働き、朝八時になると満員電車に揺られて通勤するごく普通の人々だった。それまで村上春樹が全く関心を持っていなかったいわゆる「サラリーマン」たち。彼らが生きてきた人生と地下鉄サリン事件によって変わってしまった暮らしについて一年がかりで聞いて記録するというのは大変な作業だった。村上春樹にとっても世の中を見る目が変わってしまうほどの大きなプロジェクトだったのだ。春樹は被害者たちの話を聞きながら彼らに共感を抱き、彼らがどんな人で、どんな人生を生きているのかを理解することができた。

ＰＴＳＤ（心的外傷後ストレス障害）のために会社を辞めた人や、後遺症に悩みながらも「もう治ったので何ともない」と隠す人もいた。『アンダーグラウンド』は地下鉄サリン事件の被害者五十二名と死亡した人の家族や関係者八名、計六十名にインタビューをした資料だ。この本には「一九九五年三月二〇日に自分がどんな経験をしたのか」についてのインタビューが収められている（本が出版される際に二名がインタビューの掲載を拒否した）。この後さらに、春樹はオウム真理教の信者へのインタビューを収録した『約束された場所で』という本を続けて出版する。

このような社会志向的な本を出版したからといって、村上春樹が日本との平和条約を結んだわけではない。彼は日本が戦争犯罪を認めないことを非難しているし、政府の外交政策にも批判的だ。また、今でも日本特有の義務に対する強迫や自己犠牲の精神を嫌っている。だが、日本社会のゆっくりとした変化には好意を抱いている。若い読者たちが既存の枠から出て、少しずつ自由な思考の中で生きようとしていることに彼は希望を持っているのだ。

日本の作家としての務めを果たした二つの本の執筆は、春樹を精神的に消耗させたことだろう。彼らのインタビューを終えた後、春樹はアメリカ時代に面識のあった京都大学の心理分析学者、河合隼雄教授を訪ねた。そして、彼と長く率直な対話をする。河合教授との対話は春樹の疲れた心を癒す大きな助けとなってくれた。もともと無口な作家として有名な春樹が、日本人という意識、人間関係、結婚生活、社会の暴力性と治癒などについて気兼ねなく語っている。村上春樹は言う。

〝河合さんと向かい合っていろんな話をしていると（中略）、頭の中のむずむずがほぐれていくような不思議な優しい感覚があった。「癒し」というと大げさかもしれないけれど、息がすっと抜けた。〟[51]

村上春樹は河合教授に会うといつも感銘を受ける。河合教授は心理学者でありながらも、決して自分の考えで相手を動かそうとすることがなかった。相手の自発的な思考の動きを妨害しないように細心の心配りをしながら、むしろ相手の動きに合わせて自分の位置を少しずつ変化させていった。自然に思考できるようにいくつかの可能性を提示し、その向かう先は自ら見つけられるように手助けしてくれた。

〝これくらい自然にまとまった話ができるというのは、生来口べたな僕にとっては大変に珍しいことである。奇跡的と言ってもいいくらいだ。これというのも河合さんが天才的な聞き上手であったからだろう。〟[52]

その数日間の「治療」は、それまで『アンダーグラウンド』と『約束された場所で』を書きながら厳格で謙虚な心の傾聴者でいなければならなかった自分への小さなご褒美のようだった。二人の対話は『村上春樹、河合隼雄に会いにいく』に紹介されている。

村上春樹は『アンダーグラウンド』を出したことで少し呼吸が楽になったような気がした。過去よりもより安定した感じがしたのだ。一九九七年には、幼年期を過ごした被災地神戸を自分の足で歩きながら震災後の姿を記録する旅行記を出している。その数年後には震災時のエピソードをモチーフとした短編集『神の子どもたちはみな踊る』を発表し、再び震災に対する深い喪失感を表現した。

一九九〇年代の中後半からは、一層開かれた心で読者たちとの交流にも力を入れた。「村上朝日堂ホームページ」を開設し、一般の読者たちとEメールを通して交流を始めたのだ。

〝インターネットってある意味では直接民主主義みたいなところがあるんですよね。僕と本当に真剣に関わってくれる人というのは、結局読者しかいない。マスメディアとか批評家とか学者とかは仕事でやっているわけで、自分でお金を出して本を買って読んでくれて、次も買おうと思ってくれる人が僕にとっては一番大事だし、そういう人の反応にこそ興味がある。〟[53]

オンラインでのコミュニケーションは人見知りの村上春樹にはちょうどよかった。顔を見て話すのは疲れるが、メールのやりとりは気楽なのだ。それに、専門的な批評を読むよりも普通の読者からのメールをじっくり読む方が自分の小説がどう読まれているかという全体的な雰囲気を把握するのに役立ってくれた。

episode. 5

駅の設計士

『色彩を持たない多崎つくると、彼の巡礼の年』の多崎つくるは、どうして駅の設計士という特殊な職業を持つことになったのだろうか。これについて村上春樹は、まるで秘密の話をこっそり語るかのように二〇一四年の『ガーディアン』のインタビュー[54]でその背景を明かしている。

〝僕が駅に興味を持つようになったのには理由があって、二十代の頃、東京でジャズ喫茶を開くのにいい場所を探し回っていたんです。そのとき、ちょうどある鉄道会社が駅をリニューアルすると聞いて、その駅の出口がどうなるのかすごく気になりました。それがわかれば、その近くにジャズ喫茶をオープンできるわけだから。もちろん、そんな秘密を簡単に教えてもらえるはずはありません。みんなが知りたがっていることですからね。〟

そこで、当時早稲田大学で演劇を専攻する学生でもあった村上春樹は、鉄道専攻の学生を装ってその鉄道会社を訪ね、駅のリニューアルプロジェクトの責任者と親しくなった。

〝だからといって、その人が駅の新しい出口の位置を教えてはくれませんでしたよ。ただ彼はとてもいい人で、楽しい時間を一緒に過ごしました。僕がこの本を書くとき、ふと当時のことを思い出したんです。〟

小説家の責務

村上春樹が大事にしている価値観に「公正さ」がある。彼はどんなことであれ、ひとつの視点からものを見て判断することを嫌う。人物の評価も、歴史的な事件も、単一の視点からの判断を好まず、できる限り多様な証言を集めたうえで大きな絵を描いてみようとする。

同じように、彼は世事を見るときも公平に見なければならないと考えている。嫌いな人が何かをした場合も、「なぜこの人はこのようなことをしたのか」とできるだけその人の事情を理解してみようとする。自分が一方的に善であちらが一方的に悪だというのではなく、結果的に自分が被害者になったとしても、状況についての公正な目を失わないように努力する。

彼のこうした態度は、二〇〇九年に全世界から注目を集めた「壁と卵」という受賞スピーチにも通じるところがある。それはエルサレム文学賞を受賞したときのことだった。イスラエルによるパレスチナ自治区への攻撃で千三百人以上の死者が出た直後に開かれた授賞式だったため、日本のパレスチナ支援団体はイスラエルの非人道的な爆撃に対する抗議として、村上春樹に賞を辞退するよう求めていた。殺人の脅迫まであったという。だが、春樹は悩んだ末にイスラエルへ向かった。「小説家は自分の目で実際に見た物事しか信じない。私は傍観したり沈黙を守ったりすることよりも、ここに来て、見て、話すことを選んだ」と授賞式に参席した理由を説明した。

〝私が小説を書くときに、常に頭の中に留めていることです。（中略）頭の壁にそれは刻み込まれています。（中略）「もしここに硬い大きな壁があり、そこにぶつかって割れる卵があるとしたら、私は常に卵の側に立ちます。」そう、どれほど壁が正しく、卵が間違っていたとしても、それでもなお私は卵の側に立ちます。（中略）我々はみんな多かれ少なかれ、それぞれにひとつの卵なのだと。かけがえのないひとつの魂と、それをくるむ脆い殻を持った卵なのだと。（中略）そして我々はみんな多かれ少なかれ、それぞれにとっての硬い大きな壁に直面しているのです。その壁は名前を持っています。それは「システム」と呼ばれています。（中略）私が小説を書く理由は、煎じ詰めればただひとつです。個人の魂の尊厳を浮かび上がらせ、そこに光を当てるためです。我々の魂がシステムに絡め取られ、貶められることのないように、常にそこに光を当て、警鐘を鳴らす、それこそが物語の役目です。（中略）それが小説家の仕事です。〟[55]

弱者の側に立つという春樹の言葉は厳然としている。卵と壁があったら卵を支持するのはあたりまえだという意見もあるが、本当にそうなのだろうか。責任を背負って百パーセント卵の側に立てると断言できる人がどれだけいるだろう。卵を支持するというのは、単に弱者を支持するという感傷的な次元ではだめなのだ。一度卵の側に立つと決めたなら最後まで責任をとる覚悟が必要だと彼は語る。

また、村上春樹の「壁と卵」で注目すべきは、彼が「僕は弱いものたちを支持する。なぜなら弱いものは正しいからだ」とは言っていないという点だ。たとえ正しくなくても弱いものたちの側に立つと彼は言っているのだが、これは左派的な「政治的な正しさ」に依存する人々の口からは決して出ることがない言葉だ。左派たちは「弱いものは正しい」と主張する。しかし、弱いものが常に正しいとは限らない。弱いから正しいのではなく、そもそも強いものというのはどこにも存在しないのだ。

「壁と卵」のスピーチの後も村上春樹の声は世界に発信されつづけた。『1Q84』が世界中で翻訳出版されて以来、ノーベル文学賞の候補者として注目されるようになった村上春樹は彼独自の発言を続けている。

〝僕は99%フィクション作家だけれど、1%は一人の市民だと思っています。〟[56]

彼はその一パーセントの声を発信した。二〇一一年にはバルセロナのあるイベントで日本の核産業を批判し、二〇一三年にはマラソンランナーでもある一世界市民としてボストンマラソン爆弾テロ事件の犠牲者への追悼メッセージを『ニューヨーカー』電子版に寄せた。そして、二〇一五年には読者との交流サイト「村上さんのいるところ」で香港反政府デモへの支持を表明し、その後も日本の戦争責任回避を批判するなど、持続的に声を上げつづけている。

〝市民として言わなくてはいけないことがある。そして、それを言うときは明確に語ろうと思う。あの時点で、原子力発電所についてNOと言っていた人は誰もいなかった。だから僕は自分が言うべきだと思ったんです。〟[57]

誠実に正直に——作家の暮らし

とりあえず小説を書いてはいるけれど

日時：二〇〇六年四月十三日（木）午前十一時
場所：東京青山にある村上春樹の事務所
村上春樹（以下、春樹）とイム・キョンソン（以下、筆者）

＊これは仮想インタビューであり、村上春樹氏の答えは実際のインタビューを基に著者が作成したものである。

筆者：私は村上春樹さんが世界でいちばん文章がうまいと思っています。
春樹：（一字眉をつり上げながら）そうですか？　ちょっと信じがたいですけど。
筆者：作家になりたいと思ったのも、あなたの本を読んでからなんです。
春樹：理由はどうあれ、ものを書きたいと思ったのはいいことですね。

執筆時間はきっちりと

筆者：普段はいつ小説を書いていらっしゃいますか。

春樹：だいたい早朝に起きて、決まった時間までは何があっても机に座っています。今朝も四時に起きて、ついさっきまで書いていました。時間を決めたらひたすら机に座っているというのはレイモンド・チャンドラーのスタイルです。

筆者：その時間内はすらすらと文章が書けるのでしょうか。

春樹：機械じゃないから必ずしもそうではないけれど、とにかくじっと机に座っています。しばらくぼおっとして書くことが浮かんできたら勢いよく書く。

筆者：一種の修行のようですね。

春樹：小説の素材が思い浮かばないからといって突然旅に出てしまうとか、ドラマチックな事件を起こす作家のやり方は正直あまりいいと思いません。ものを書くことはイベントではないですから。じっと座っていると、そのうち書けるときがくる。書けるはずだという自分に対する信頼も必要です。それに、僕はもともとぼおっと座っていることが好きですね。

締切を決めない

筆者：だいたい一日にどのくらい書かれるのでしょうか。

春樹：毎日四、五時間書くとすれば一日に原稿用紙十枚ぐらいかな。一度「十枚」と決めたら毎日きっちり十枚書きます。機械的に積立金を払うみたいに。原稿の量は一定のスピードで増えていきます。一日で十枚、一ヶ月で三〇〇枚、半年で一八〇〇枚というふうに。

筆者：担当の編集者を困らせることもありませんね。そうやって規則的に書くのなら。

春樹：生まれつきせっかちなので一度も原稿の締切に遅れたことはないですね。だいたい三、四日前にはもうできあがっている。エッセイなんかの連載の原稿はいつも締切前に渡しています。三回分を前もって渡したこともあります(笑)。この間なんかは旅行中ゆっくり過ごしたくて、旅に出る前に旅行記を書きました。どうしようもないんです。せっかちなんだから。

筆者：締め切りが嫌いなんですね。

春樹：小説を書くときは「締切」というものを絶対に決めません。それが一週間で書き終わる短編になるかもしれないし、まる四年かかる長編に化けることもありえるから。僕はこれまでも書きたいと思うときに書いてきたし、書きたくなかったことは一度もない。雑誌に長編を連載したときも、正確に言えば締切に合わせて出したんじゃなくて、ほとんど書き上げた原稿を連載したんです。

動物園に行きます

筆者：小説を書くときは前もってストーリーを考えてから、つまり大枠を決めてから書き始めるのでしょうか。

春樹：いいえ、違います。何も決まっていません。すぐ次のページにどんな内容が来るのか僕自身にもわからない。ただ自分の中のメロディーを追いかけていくだけです。一度始まったら誰にも止められない。水が湧き出てくるように文章が自分の中からあふれ出てくるんです。はじめから物語の結論を決めてしまったらつまらないですね。なにもないところから物語を立ち上げていくことに小説の本当の意味があると思います。はじめはわからなくても必ず意味のある結論にたどり着くという確信が僕にはあるんです。

筆者：では、はじめの手がかりはどこから……？

春樹：動物園に行けばいいんです（笑）

筆者：動物園ですか。

春樹：はい。動物園に行くと、いつも新しい刺激を受けて小説が書きたくなります。僕はどこかに行くたびに現地の動物園に行ってみるんですけど、行ったことがある中ではベルリンの動物園が最高ですね。もう何回も行っています。

筆者：急に表情が明るくなりましたね。

春樹：動物はみんな好きなので。

筆者：それで創作への刺激を受けたら、次は？

春樹：自分の中に単語か概念がぱっと浮かんできます。ぐるぐる回っているというか。『1973年のピンボール』を書いたときは「ピンボール」という単語が気に入って、なんとなく書き始めたんです。ピンボールから連想するビジュアルのイメージを思い浮かべて……。それから『羊をめぐる冒険』を書いたときは、今度は「羊」について書いてみようとして、ああいう作品が生まれました。

でも、そのときは漠然と羊について書こうと思っていたんだけれど、いざ書こうとすると何にも思いつかなくて。悩んだ末に、よし本物の羊を見に行こうと思ったんです。その季節に羊が見られるのは北海道しかなくて、すぐに飛行機に乗りました。そこで羊の群れがのんびりと草を食べているところを見たらなんとなく「あ、何か書けそうだ」と思いました。

筆者：準備が徹底していますね。

春樹：でも、小説を書く前の事前調査はしません。『ねじまき鳥クロニクル』の場合は、原稿を書き終わってから満州とモンゴルに行って事実を確認したくらいで。想像力がなによりの資産だから、事前にそこに行って事実確認をすることで想像を邪魔されたくないんです。

筆者：短編小説も同じ方式で始められるんですか。

春樹：短編小説も同じです。アイディアかエピソード、もしくは記憶に残っている風景ひとつからでも可能です。それか、なにかのセリフとか、架空の仮説ひとつでもあれば十分です。映画化された「トニー滝谷」という短編があるんですけど、あの小説はハワイのマウイ島で買ったTシャツのポケットに「トニー滝谷」というプリントがあったことから書きはじめたんです。その人が一体何者なのかとても気になって。そのおかげで実際にアメリカでトニー滝谷さんに会うこともできた。とにかく、短編が長編と違うところは、書こうと心を決めたら決して恐れてはいけないということです。一気に書くんだから。はじめから話の筋や構成を考えて、それに縛られる必要もない。一番良くないのは「今回は最高のものを書くぞ」と意気込んで、はじめから終わりまで一通りストーリーを考えてから書きはじめることです。

筆者：生まれつき何も思いつかない人もいるのではないでしょうか。

春樹：誰でも自由に連想することはできると思います。それをできる限り楽しもうという気持ちがないなら問題ですけど。その楽しい想像を「課題」だと捉えてしまうのであれば、それはもう自由じゃない。リラックスした態度で自分の心についていけば、小説の素材は「自分が行くべきところ」を自然に見つけてくれるものです。短編小説で何より重要なのは話の自発性です。だから、特に短編小説の初校は三日以内で一気に書かないとだめですね。

リズムの文体

筆者：では、素材を発掘して小説を書きはじめる段階に進んだら、その次は書きながらどんなことを念頭に置いたほうがいいのでしょうか。

春樹：リズムを作ることです。

筆者：リズムですか。

春樹：読みやすくて面白いものであるには文章にリズムがないとだめですね。それは作家固有の文体とも言える。小説の基本的な機能は読者を「誘惑」するところにあります。小説は分析しながら読むものじゃない。ただ読みながら感じればいいんです。だから小説の文体は女性を誘惑できるくらい魅力的じゃないといけないんです。僕の知っている作家の中ではトルーマン・カポーティの文体が最高ですね。

筆者：春樹さんはどんなリズムにのっているのでしょうか。
春樹：『風の歌を聴け』はジャズのリズムから生まれた小説です。当時はジャズ喫茶をやってたから一日中ジャズを聴いていて、ジャズのリズムが自然と体に染みついていました。僕の初期の作品はほとんどジャズのリズムがベースにある。『羊をめぐる冒険』を書いた時からは運動をしていたので文体も徐々に変わっていきました。
筆者：ライフスタイルが変われば文体も変わりますか。
春樹：もちろん変わります。文体を変えるということは生活スタイルを変えるのと同じことですから。体力がついてから文体にも少しずつ力がついて、余分なものが落ちた気がします。
筆者：自分だけのリズム感が生まれたら、読者が「あ、これはあの作家の文章だな」とはっきりわかるようになるんですね。
春樹：もちろんわかります。ただし文章がうまくないと。文体、つまりスタイルも重要ですけど、内容が魅力的でないとだめですね。

書き直し、書き直し、また書き直し！

筆者：それでは、いい文章はどうしたら書けるのでしょうか。

春樹：それは簡単です。方法は一つしかありません。いい文章を書こうと思ったら何回も繰り返し読んで、また読んで、書き直すことです。いい文章の原則は「書き直し、書き直し、また書き直し！」です。納得できるまで必要なだけ書き直すことですね。

筆者：うーん、書き直しは本当に骨身を削る作業ですよね。

春樹：『海辺のカフカ』を書いたときは一八〇日間休まずに書いて初稿を書き上げた後、ひと月休んで、そこから二ヶ月かけて修正だけをしました。それでも足りずに、またひと月休みながら原稿を熟成させて、さらにひと月の間修正しましたね。他の長編小説の場合には、一年かけて書いた後、もう一年かけて全部で十五回くらい書き直しています。十五回も書き直すっていうのは本当に大変な作業です。いくら文章を書くのが好きな僕でも途中でとことん嫌になりますよ。それでも投げ出したらおしまいだから。とにかく体力と忍耐力がなければ書き直しの作業はとてもできませんね。

短編小説の場合も一気に書くものだとは言ったけれど、それがすべてじゃない。三日で書いたファースト・ドラフトは同じように十回でも二十回でも必要なだけしつこく書き直さないと一つの完成した短編小説は誕生しません。

筆者：書き直しの作業を少し楽にする方法はないでしょうか。

春樹：特別な方法はないですね。嫌でも歯を食いしばって原稿を読んで読んでまた読むしかない。もちろん修正前に文章を熟成させるための時間配分もきちんとする必要があります。そうすると直すべきところがはっきり見えてくるんです。『スプートニクの恋人』を書いたときは一年以上かけて何十回か書き直しました。『世界の終わりとハードボイルド・ワンダーランド』の場合は、女房が結末が気に入らないって言って、結局、結末だけじゃなくて大部分を書き直すことになりました。そのときのことを考えると今でもぞっとしますね。

筆者：話を聞くだけでも頭が痛くなりますね。そうやって忍耐強く修正を繰り返せば誰でもそれなりの文章が書けるのでしょうか。

春樹：それなりというのが何を意味するのかよくわからないんだけれど、とにかく書き直した文章というのは常にその前の文章よりはいいものです。

いい文章

筆者：春樹さんはどんな文章がいい文章だとお考えですか。

春樹：うーん、他のだれとも違っていながら、だれにでも容易に理解できて受け入れられる文章ですね。鋭いリズムがあって、親切さが深く溶け込んでいて、ユーモア感覚もあって、しっかりとした意志を感じられる文章、簡単に言えばシンプルで読みやすい文章です。

筆者：シンプルで読みやすい文章という言葉が心に響きますね。

春樹：ただ、人はあまりにも読みやすくて難しい言葉がないと、この小説は中身がないとか軽薄だという偏見を持ちます。でも、僕は読みやすい文章というのが本当にいい文章だと思っています。

派手な言葉よりも単純でわかりやすい言葉を使っておもしろい小説を作っていくことがいい文章の基本であって「親切なもの書き」の核心と言えます。作家の義務は読者の前で威張ってかっこつけたり担当編集者を困らせたりすることじゃなくて、シンプルで理解しやすい言葉で人を楽しませるところにあります。

筆者：できるだけ文章を短くしてやさしい単語を使えばいいのでしょうか。

春樹：（首を横に振って）とは言っても単純なだけではおもしろくない。人を楽しませる文章を書こうと思ったら小説的な技巧が必要で、そのときに「文体の魔術」、つまり作家固有のリズムが必要になるんです。

筆者：なるほど。でも、春樹さんの文章も短くまとまっているものが多いので、どうせなら文章を短くするのがいいのかなと思いました。

春樹：できるなら長い文章よりは短い文書を選ぶのがいいことはいいですね。あえて長い文章を書くのであれば、難しく退屈に感じられないようにする高度な技術が必要ですから。短くても十分に意味が通じる文章をわざわざ長くしてかっこつけようとする人が多すぎるように思います。ときどき読者が送ってくる文章を読んでいても、三十パーセントくらい贅肉を落とせばずっとよくなるのになとよく思います。

筆者：自信がないからではないでしょうか。

春樹：できるだけシンプルで読みやすい言葉で深く複雑な素材について書けば、いちばんおもしろい文章になるものなんです。言い換えれば、無理にいい素材を見つけ出して平凡に書くより、平凡な素材で味わい深く書くほうが僕は好きですね。内容の面でも、普通じゃない人に普通じゃないことが起こるとか、普通の人に普通のことが起こるストーリーじゃなくて、「普通の人に普通ではないことが起こる」ストーリーのほうが好きなんです。

筆者：日常的によくある素材を「春樹式」に仕上げて、気が利いたサービス精神でお客さんの前に出すことでしょうか？　お客さんは喜びますよね。

春樹：どうせならよく書けていると褒められるより、何度も繰り返し読んだという言葉のほうがありがたいですね。その言葉を聞くのがいちばん嬉しいです。

味のある比喩

筆者：春樹さんの文章について語るとき、「比喩」について触れないわけにはいきませんね。どうしたらあなたの小説の主人公たちのように生き生きしていて洒落た比喩を使えるのでしょうか。

春樹：うーん、自分でとりたてて比喩がうまいと思ったことはありません。「さあ、みんなをあっと驚かせるような比喩を書くぞ」と構えちゃうと駄目ですね。自然にすらすらと出てくるものです。

筆者：春樹さんの比喩を読んでいると思わず笑顔になってしまいます。例えば、「世界中のジャングルの虎がみんな溶けてバターになってしまうくらい好きだ」とか（笑）

春樹：『ノルウェイの森』の主人公が緑に言った言葉ですね。適切な比喩によっていろんなことが少しでもわかりやすく、少しでも実感しやすく書けるならそれがいちばんですね。日常生活でも無意識にそういう比喩を使って女房に責められますよ。「私にまでいちいち気の利いた喩えを言うのはやめてよね」とよく怒っています。

マイルス・デイビスについて

筆者：レイモンド・チャンドラーの仕事スタイルを参考にしていらっしゃるほかに、別のロールモデルもいるのでしょうか。もしくは影響を受けた師匠とか。

春樹：書くことに関しては師匠はいないですね。一人で考えて一人で書いてきました。

筆者：そうですか。

春樹：ただ、小説を書くスタイルという意味ではジャズミュージシャンのマイルス・デイビスの影響を強く受けています。マイルス・デイビスはジャズ界で新しいトレンドが生まれるたびに常に先頭に立って新しい領域を開拓してきた人物です。新しい手法を取り入れると煮詰められるところまで煮詰めていく。そうやってネジを締めるだけ締めたと思ったら、あるとき突然ぱっと手を離して、まったく別の技法やスタイルに未練なく移行していく。そういうふうに常にひとつの場所に安住せずに新しいものに挑戦しつづけた彼のスタイルをずっと尊敬しています。

筆者：言われてみれば、マイルス・デイビスの音楽のスタイルとあなたの小説のスタイルは少し似ているところがあるように思います。オーバーすぎない明快なシンプルさとでもいうか。

春樹：彼はそうやって三十年以上つねにジャズ界の第一線で新しい挑戦をしてきたんです。僕が彼から学ぼうとしたことは、「新しいものを恐れずに取り入れるダイナミックさ」と「そのあとの徹底したネジの締め方」、その二つでした。

人生は孤独なもの

筆者：春樹さんの小説にははっきりした結末や答えがない場合が多いと思います。どうしてそうなさるのですか。誠意がないのではという文壇の批判もあったと思いますが。

春樹：僕は結末についてはあらゆる可能性を残しておきたいんです。僕の読者なら、その「開放性」を理解してくれると思います。それが僕が読者に与えられる「親切さ」ではないかと思っています。（しばらく考えて）まあ、相手がそれを親切心と受け取るかどうかわかりませんけど、少なくとも小説とは答えのないもので、逆に言えば、答えは読者の数だけ存在するということです。

筆者：はっきりとした結末はないけれど、明確なメッセージはあるのではないでしょうか。

春樹：読者によって小説を通して受け取るメッセージはそれぞれ違うと思います。ただ、僕は基本的にはすべての人生は孤独なものだと言いたいんです。人と人がお互いを理解することは不可能で、それだけは変わらない事実だと確信しているけれど、その孤独というチャネルがあるからこそ僕たちは他者と疎通できるんです。僕が小説を書く意味は、もしかしたらそこにあるのかもしれません。

筆者：希望とおっしゃっているのでしょうか。

春樹：僕の小説の主人公たちを見ると、つねに何か自分にとって大切なものを求めて彷徨っています。彼らが何を見つけるかが重要だというよりは、本当は探す過程そのものが大事なんです。主人公はひとり寂しく立っていて、そのうちに最善を尽くして努力しなければいけない状況に置かれます。そして、その過程で周りの人々を傷つけ、時間を無駄にし、可能性を失うこともあります。それが私たちのありのままの人生です。喪失感の影のもとで生きているとでもいうか。でも、ひとまず生きることを選択した以上、僕の小説の主人公たちも私たちもみんな全力で生きていかなければならないと思います。それを希望と呼びたいのであれば、それは希望にもなりえるでしょうね。

筆者：小説が私たちみんなに希望と勇気を与えてくれる部分は明らかに大きいと思います。

春樹：そうとも言えますが、だからと言って文学を絶対視したくはありません。文学は「高級文学」

で崇高だから大事に保護されてしかるべきものではなく、大衆文化であるテレビ、雑誌、映画、ビデオ、ゲームなどと対等に競争すべきだと思います。さきほども言いましたけど、文学が読者たちに訓示を垂れるようなのは嫌ですね。

筆者：以前、インタビューでそういう発言をされて、大衆文学作家と純文学作家の両方から非難されたと聞きましたが。

春樹：そういう発言をしたら、どういうわけかみんなに憎まれましたね（笑）。僕はただどちらかに偏らず自分のスタイルに合った平和な中間地点を選択して新しいことを試しただけなんですけどね。「作家性」というのも僕の場合はもっぱら作品だけに限定していて、日常生活と人間関係はあくまでも普通の人たちと同じです。僕は銀座の高級料亭で接待されるより近所の魚屋に寄ってその日の新鮮な魚を家で料理して食べるほうが幸せですから。

読者について

筆者：それでも、たくさんの読者が春樹さんを好きなのはよくご存知ですよね。

春樹：ええ、韓国の読者たちにも支持してもらっていることは知っています。読者と交流できるホームページを開設した時も、韓国の人たちと在日コリアンの人たちがたくさん来てくれました。

筆者：でも、韓国料理はあまりお好きではないんですよね。

春樹：あ、ご存じでしたか。食べ物で言ったら中国料理のほうが駄目ですけどね。特にラーメンと餃子は拷問です（笑）

筆者：韓国でどうしてそんなに人気があるのかご存知でしょうか。

春樹：一九九〇年代前半から韓国の読者が僕の本をよく読んでくれたと記憶しています。今は中国でよく売れているようですけど。偶然の一致なのかはわかりませんが、理念の対決が崩れて若者たちが革命への情熱に疲弊し、「個人」と「日常」の価値が代案としてやってきたとき、僕の本が読まれるようです。そのせいか当時韓国の記者たちは「個人主義」や「都市的感性」、「西欧志向」、「脱理念」といったコードについて特によく聞いてきましたね。僕が語ろうとしていたのはそれがすべてではなかったけれど、やはり時期的なものもあってそういう特徴が大きく浮かび上がっていたんですね。

筆者：一九九〇年代前半は確かにそういう雰囲気があって、その中で春樹さんの作品は若い読者たちに既存のものには見つけられなかった「新鮮な何か」として受け取られたのだと思います。多くの韓国人作家たちもあなたから影響を受けたのですから。日本の読者はあなたのどんな部分にいちばん魅了されていると思いますか。

春樹：そういう質問は実に答えにくいんだけど、おそらく主な読者層である二十代や三十代の人たちの場合は、彼らのもっとも切実な悩みが「どうすれば本当の自分として生きていくことができるのだろう」というもので、僕の小説がそういう部分を多く扱っているからではないかと思います。

筆者：その通りだと思います。本当に国籍を問わず共感されるテーマですね。私は個人的に春樹さんが孤独と喪失感を正面から扱ったところに惹かれました。主人公たちは一見平凡な暮らしを営んでいるけれど、目には見えない疎外感と孤独という病を抱えています。本当のところ、私たちみんながそうなのではないでしょうか。

春樹：そうですね。僕の小説の主人公は確かに権力と欲望の奴隷ではないですね。

筆者：おそらくほとんどの読者が小説を読みながら主人公は「自分自身」だと感じたはずです。

春樹：そう思ってくれたとしたら僕としてはこの上なく嬉しいですね。小説の主人公になってしまうこと、それが小説を読む正しい方法です。

筆者：だとしたら小説の主人公たちは私たちにこの退屈でありながらも険しい世の中を賢明に生き抜く方法と意味を教えてくれるのでしょうか。

春樹：人生というのは「負けるとわかりきっているゲーム」をしているようなものです。遅かれ早かれ私たちはいつかは倒れて死ぬわけですから。ジョン・アーヴィングも「人生は不治の病に過ぎない」と言っています。どうせ負けるとわかっているなら、ルールを守ってきっちり負けるほうが悔いが残らないと思います。おそらく主人公たちも自らそれを実践しているんじゃないですかね。

筆者：それなら、春樹さん、あなたにとってこの世を生きていく意味とはなんでしょうか。

春樹：生きる意味ですか。僕にもわかりません。でも、生きている間はできるだけしっかり、きちんと生きよう、そのくらいに思っています。

長いインタビューが終わったことを伝えると、彼はやっと私の目をまっすぐに見つめて、嬉しそうに「ああ、そうですか」と答えた。写真を撮ろうとすると、撮らなきゃいけないのかとつぶやきながらもすぐに応じてくれた。そのかわり、「まさか外で撮るわけじゃないですよね？　仕事しているポーズでは撮りませんよね？」と心配そうに聞いてきた。それから、少し気まずかったのか、急にさっと立ち上がって窓際に歩いて行くと、青山墓地を見下ろしてこう呟いた。

「こうしてじっと見つめていると、地球がゆっくり回っているのが感じられますよ。」

長距離ランナー

自分の人生でいちばんよかったことは三十三歳で運動を始めたことだと村上春樹は言う。当時、日本の作家たちの多くは体を壊しながらも暴飲暴食を繰り返し、あえて不健全で退廃的な生活に浸るようなところがあった。その中で、春樹の体づくりは奇異の目で見られたが、いつもそうしてきたように春樹は自分のスタイルを貫き通した。他の作家たちの毒を抱えながら生きるスタイルを否定したいわけではなかったが、飽和点に達すれば爆発するのは明らかなので、春樹はきっぱり違う道を選択した。ドラマチックな方法で死にたくもなかったし、大義を叫びながら割腹自殺をする気もさらさらなかった。一日一日たゆまず体を鍛えながら、懸命に小説を書いていこうと思うばかりだった。

そんな彼も、やはり小説を書きはじめるまでは特に健康に気を配っていなかった。むしろ学校では体育の時間をいちばん嫌っていたほどだ。しかし、ジャズ喫茶を経営するうちに不規則な生活習慣と煙草と酒に体が蝕まれ、仕事の傍らで小説を書きはじめてからは体力の重要性をひしひしと感じるようになった。近所のプールに朝早く行って一人悠々と泳ぐことを楽しんでいた春樹は、あるとき自分の運動メニューに「ランニング」を追加した。走ることは、道具やお金、それに相手や場所も必要なくて、いつでもできるからよかった。走りながら一人ゆっくり物思いにふけることができるのもとてもよかった。週に六日、一日に平均一時間くらいは走った。いくら忙しくても一日は二十三時間しかないと仮定して、少なくとも一時間は必ず運動に時間を割いた。雨の日は外で走れなくてもマンションの階段を上り下りした。

春樹はその勢いでマラソンを始め、国際マラソン大会で数十回もフル・マラソンを走った。最高記録は三時間二十四分。マラソンに続いてトライアスロンにも関心を持ち、さらには百キロのウルトラ・マラソンまで力を振り絞って完走した。彼はいつの間にか運動なしでは生きられない運動マニアになってしまった。

運動が体にもたらしたポジティブな変化によって作家としての生き様も驚くほどに変わっていった。長い間吸っていたタバコもやめ、脈拍と筋肉、そして体型と食生活も変わっていった。そのおかげで文章の息も長くなり、文体には力がついていった。デビュー作『風の歌を聴け』と運動の習慣がついてから書いた『ねじまき鳥クロニクル』の文体を比べてみればその差は明らかだ。『風の歌を聴け』のときの呼吸はパッパッと途切れる浅く短いものだったが、『ねじまき鳥クロニクル』の呼吸はずっと長く深くなっている。とはいえ、春樹が『風の歌を聴け』の文体を悪いと思っているわけではない。ただ、あのときの呼吸を今でも続けていたとしたら、おそらく今頃は誰も自分の小説を読まなくなっていただろうというだけだ。

運動が書きものに与える影響については、雑文ばかり書いてきた私も強く共感するところがある。体のコンディションは、そのまま文章のコンディションとして現れる。はじめのうちは時間がもったいないような気がして机の前でやたらと粘っていたが、今は机に向かう前に一時間くらい運動をしてから文章を書いている。こちらのほうがずっと効果的だ。運動は文章を書くための集中力と持久力も育ててくれる。じっと座っているとはいえ、一時間でも集中してものを書くと体はくたくたになってしまう。睡眠を十分にとってはじめていい文章が書けるという人もいるが、私の場合はいろいろ試した結果、運動がもっとも確実だと感じている。尻が重いのは私にとっても美徳ではないのだ。

村上春樹が実に四年の歳月をかけた力作『ねじまき鳥クロニクル』を書いたときの状況からも運動がものを書く集中力と持久力にどれほど大きな影響を与えるのかがよくわかる。彼は三ヶ月間集中して書いたら次の一、二ヶ月は休みながら他のことをして過ごし、また三ヶ月集中して小説を書くというスタイルを四年間続けた。彼の「三ヶ月の集中期間」を見てみると、その三ヶ月のうち実際にいちばん重要なのは二週間の「高濃縮集中期間」だった。春樹はもっとも大事なこの期間を「自分の中の井戸を掘ってまた戻ってくる」と表現している。自身の意識の底に深く降りて行って、そこで物語を掘り当ててくる行為には不断の体力と集中力が必要だった。そうでなければ一日に十四時間もぶっ続けに書き、ほとんど何も食べず、眠りもしない生活などできるはずがないだろう。自分の中にいる「獣」をおびき出そうというのに、体が健康でなければあっけなく獣に食べられてしまうはずだ。

本を書いている途中に死んでしまわないためにも春樹は運動を続けた。彼は長編小説を書くたびにいつも「死にたくない」という気持ちになるという。


〝僕はいま五十代で、小説を一冊書くのにだいたい三年かかるとしたら、死ぬまでに一体あと何冊書けるのだろうかと考えずにはいられません。ここからはカウントダウンです。だから、僕は小説を書くたびに祈るんです。この本を書き終えるまでは生かしておいてくださいと。〟[58]

なにがあっても作品を完成させるまでは死ぬわけにいかないもうひとつの理由は、今ここで死んでしまったらこれが遺作になるわけだが、それだけで最終評価を受けるのは納得がいかないのだ。これからもっといいものが書けるはずだし、まだ書ききれていない話がたくさん残っているのに、それを書く前に死んでしまうというのは考えるだけでも恐ろしかった。作家になるまでは死について一度も考えたことがなかった楽天主義者だというのに！

運動による体づくりは、村上春樹に確かなマインドも与えてくれた。『ブルータス』のインタビューで彼はこう語っている。

〝僕がこういうふうにスポーツをして、それについて書いていたりすると、「身体障害があってスポーツができない人のことも考えたらどうだ。傲慢じゃないか」というような批判を時々受けることもある。でもね、むしろ、健康な体を持ちながら、それを無神経に、粗末に扱っている人のほうが問題がある、そのほうがよほど失礼なんじゃないかと、僕は思う。〟[59]

春樹はマラソン大会で視覚障害者と共に走るなど、身体の意味を彼らとも共有してきた。村上春樹にとっては、どんな身体的な障害があるかよりも、どれだけ真剣に自分の身体を意識して生きられるかが重要だった。一方で、運動によって彼は人間の肉体の限界も感じることができた。その有限性を謙虚に受け止めると同時に、それを克服しようと努力することこそ正しい生きる姿勢だと考えた。

運動は村上春樹に健康な精神と身体を与え、好きな仕事を長く続けられるよう手助けしてくれる「友」だったのだ。

〝僕は長距離ランナーだから、思いつきでちょっとやってみるというんじゃなく、長い時間かけて

とことんしつこくやってやろうというふうに思ってる。〃

だから彼は今日もいつもどおり日の出とともに目覚め、日が暮れると眠りにつく。それは彼にとってとても気分のいいことなのだ。

〃ボクは、テレビは見ない、早寝、早起きする、ジョギングする、なるべく浮気はしない……。(笑)こういうのはね、結局、形式でしかないと思ってる。だけど、形式こそ重要だと思ってるんだ。〃[60]

完璧な愛のかたち

「村上春樹の小説に登場する女性たちの中で誰がいちばん魅力的か」というアンケートを出版社がおこなったことがある。そのとき一位だったのが『ノルウェイの森』の「小林緑」だ。『ノルウェイの森』のもう一人のヒロインである「直子」が男たちの忘れられない初恋相手のような静かで謎めいた女の子だとしたら、「緑」はぴちぴち弾ける真夏の太陽のような子だ。生命力あふれ、自由奔放でエネルギッシュで何としてでも自分のスタイルで生きていこうとする。彼女の天真爛漫さ、明るさ、突飛さが魅力的だという人が多かったが、私にはどうして緑がこうも切なく映るのだろう。春樹の小説の他の女主人公たちのように、ひたすら明るく見える彼女にもやはり悲しみと欠乏が宿っている。

緑は父親の死に苦しんだ。死ぬまでに長い時間がかかり、ひどく苦しんだ末に生きているのか死んでいるのかさえもわからない状態になる脳腫瘍による父親の死は、緑にとって最悪の死のかたちだった。さらに、緑は「ワタナベ」の態度にも傷つけられた。能動的だったのはいつも緑のほうで、ワタナベは彼女に何ひとつ要求せず、いつも自分の閉ざされた世界の中でうずくまっていた。

緑が求めているのは完璧な愛だった。そして、彼女によると、完璧な愛はこんなかたちをしている。

「私が求めているのは単なるわがままなの。完璧なわがまま。たとえば今私があなたに向って苺のショート・ケーキが食べたいって言うわね、するとあなたは何もかも放りだして走ってそれを買いに行くのよ。そしてはあはあ言いながら帰ってきて『はいミドリ、苺のショート・ケーキだよ』ってさしだすでしょ、すると私は『ふん、こんなのもう食べたくなくなっちゃったわよ』って言ってそれを窓からぽいと放り投げるの。私が求めているのはそういうものなの」

「そうよ。私は相手の男の人にこう言ってほしいのよ。『わかったよ、ミドリ。僕がわるかった。君が苺のショート・ケーキを食べたくなくなることくらい推察するべきだった。僕はロバのウンコみたいに馬鹿で無神経だった。おわびにもう一度何かべつのものを買いに行ってきてあげよう。何がいい？チョコレート・ムース、それともチーズ・ケーキ？』」

「するとどうなる？」

「私、そうしてもらったぶんきちんと相手を愛するの」

こんなわがままを言っても相手が自分を愛してくれることを夢見るのは欲張りなのだろうか。男も女を好きだから喜んで降参できるのだ。自分の本性あるいは暗い一面までも受けとめてくれる完全な味方を望む気持ち、自分もそれ以上にその人を愛せるという自信、そういうものが緑の心から伝わってくる。

それに、可愛い暴君のように食べたいケーキを気まぐれで彼氏に買ってこさせることを夢見ているが、それは子どもの頃にそうさせてもらえなかったからこそ出てくるわがままなのだ。ケーキを用意するのはいつも緑の役割だったはずだ。小説の終わりでワタナベは長い彷徨の末に緑の元に戻り、彼女と新たに出発したいと伝えるが、緑は長い沈黙の後に静かに答える。

「あなた、今どこにいるの?」

ワタナベの成長痛に巻き込まれた緑の深い傷が垣間見えて胸が痛む。けれど、わが身を顧みず、損を恐れず、自分の感情に正直であるということが何なのかを見せてくれた緑はやはり同じ女性から見てもかっこいいのだ。

専業作家の楽しみ

世の中には天才的な作家というのが確かに存在する。それほど悩むことなくすらすら文章を書いているうちに一冊の小説を完成させてしまうような人たち。二十歳そこらで作家デビューする人というのは大抵そういうタイプで、確かに「天才」と呼ぶに値する。

だが、村上春樹はまったく違っていた。書くことが自然に浮かんでくるどころか、運動しつづけて体力をつけたうえで自分の中にある井戸の底まで降りていって何かを掘り起こしてこなければならなかった。ろくに学びもせず、習作のひとつも書かずに三十歳近くで遅くデビューした春樹は、それでも自分が小説を書けるという事実を見つけた「幸運な人間」だと考えていた。だから作家になれたことに感謝して生きようと思った。そして幸運にも小説家になれたのだから、死ぬまで小説を書き続けようと心に決めた。

もし春樹が二十歳そこそこで劇的なデビューを果たしていたら、きっとそんなふうに考えることもなかっただろう。彼は二十代のころ大きな借金を抱え、肉体労働をしながら生計を立てていた。つらい目にも遭い、人生がどれほど苛酷でタフなものであるかを身をもって知ったのだ。そのつらい時期を乗り越えて小説家になれたのだから、何があっても自分の生業である小説に全力を注ごうと思った。

だが、小説を持続的に書き続けるということはとてもつらいことだ。フル・マラソンの完走に例えられるほど苦しい。だから、生まれつき文章を書く才能を持っている人たちは失敗することが多い。小説を一冊だけ書いて、それ以上は書けなかった作家も多い。

長い間小説家でありつづけるには小説家という「枠」に自分を合わせる必要があるが、この過程というのがそう容易ではない。春樹が見たところでは、これができる人、あるいはしようとする人はあまりいなかった。アーネスト・ヘミングウェイとジャック・ロンドンは自殺してしまったし、スコット・フィッツジェラルドとレイモンド・チャンドラーはアルコール中毒になり、トルーマン・カポーティは自分自身を破壊してしまった。「作家になるのは、才能さえあればそれほどむずかしくないが、長い年月にわたってアクチュアルな作家でありつづけるのは、ずいぶん困難なこと」[61]と春樹は言う。

悲壮な作家論を繰り広げる村上春樹だが、自分については「それでもやはり作家ほどいい仕事はない」といって『IN POCKET』のインタビューで笑顔を見せながらこう答えている。

〝書く商売ってしんどいけど、すごく面白いんですよね。面白いですよ。ぼくもいろんな仕事やったけど、書くことぐらい楽でいい仕事ないですよ。ひとと付き合わなくていいし、それから勤めに出なくていいでしょ。働こうと思えば働けて、休もうと思うとき休めるじゃない。こんないい仕事ないですよ。ほんとにそう思う。〟[62]

つらい仕事でもあるけれど、これほど楽でいい職業もないという春樹は、小説を一度書いてみたいという人たちには「ぜひ書いてみてください」と勧めている。小説を書くのに豊富な人生経験や立派な語録ノートなんかは不要で、とにかく本をたくさん読んでさえいればいい。それが何よりも効果的な準備になると強調している。誰でも一度くらいは小説を書くことができるし、ちょっと才能があればかなり良い小説を書くことだってできる。運が良ければ文学賞を取ることだってあるかもしれないと彼は言う。

同業者と対話する方法

村上春樹と村上龍。この二人には名字が同じということの他にどこか一つでも似ているところがあるのだろうか。どちらの村上本が好きかによって相手の好みがわかるほど二人はタイプが違う。二人は同じ時期にそれぞれの個性をもって日本の文学界に新鮮な刺激を与えた。

春樹と龍はタイプがかけ離れていることから親交がないと思われがちだが、実際には二人の縁はずっと昔に遡る。村上春樹が国分寺でジャズ喫茶「ピーター・キャット」を経営していたころ、村上龍は近くにある武蔵野美術大学の学生だった。村上龍はよく春樹の店に顔を出した。春樹がまだジャズ喫茶の店主として忙しくしていたころに、彼より三歳下の龍は一歩先にデビュー作『限りなく透明に近いブルー』で一六〇万部という驚異的なベストセラーを記録した。それどころか、日本最高の文学賞である芥川賞を受賞するという栄誉まで一気に手に入れてしまった。龍は自由奔放で怖いもの知らずでエネルギーに満ち溢れていた。私も村上龍の本はほとんど読んだが、彼は実に刺激的で動物的で気の強さを感じさせる。作品がぎらぎらしているという印象で、体が弱っていたり気力がないときはまず最後まで読み通せないほどだ。一方で、もう一人の村上氏、春樹のほうはどこまでも淡白だ。

こういうタイプの二人はたいていクラスにどちらも存在する。一人は不良っぽくて荒々しいが、それなりに義理深いところもあってみんなのリーダー的存在になり、勉強のほうは一夜漬けでなんとかぎりぎりパスしていく。もう一人は存在感が薄く女の子たちの同情を誘うが、芯が強く決定的な瞬間には自分の所信を曲げずに主張する根性がある。ただし、自分が好きな勉強にしか熱中しない春樹タイプは、龍タイプと結果的にはあまり差が出ない。

ところが、こんな二人の作家にも興味深い共通点がある。二人とも両親の職業が教師なのだ。村上春樹の両親は高校の国語教師で、村上龍の父親は高校の美術教師であり画家だった。春樹の両親が伝統を重んじる古風なタイプなのに対して、龍の父親は息子が高校在学中にデモに参加したときも積極的に支持してくれるほどリベラルなところがあった。また、二人ともアメリカ文化の影響を強く受けながら育っているが、村上春樹が神戸港に近い古本屋でアメリカ小説を集めたりロックやジャズを熱心に聴いたりして意図的にアメリカ文化と文学に傾倒していったのだとしたら、龍の場合は米軍基地のある九州の佐世保で育ったため、わざわざアメリカを意識する必要もなかった。アメリカはごく自然に自分の一部になっていた。それから、二人ともスポーツを楽しんだ。ただ、春樹は走ったり泳いだりして自分と競うスポーツを好んだのに対して、龍はダイナミックで勝敗がはっきりしているテニスをもっとも好んだ。

まったく違うところもある。村上龍は締切という制約がないと文章が書けないタイプだったが、村上春樹は締切がある仕事は引き受けないというほど締切を嫌った。また、二人とも作家になるべくしてなったタイプで、作家という仕事が他のどんな仕事よりも自分に合っていると考えている点は共通していたが、龍は映画監督をしたりキューバ音楽に惚れ込んでさまざまなイベントを企画したりするなど自由に本能の赴くまま新しいことを開拓していき、もともとエネルギッシュな人物なので他の有名人との交流も活発だったが、彼に比べて「ひとつの井戸を掘る」タイプの春樹はだれが何と言おうと自分のペースを守ってひっそりシンプルに暮らしてきた。

龍と春樹のこうしたタイプの違いがよく表れているエピソードがある。[63]『ノルウェイの森』がベストセラーになり、逃げるようにローマで暮らしていた頃、春樹はローマでさえも自分に気づく人がいることを相当苦にしていた。

「ローマにいてまで声をかけられるんですよね。一年間に六人くらいに声をかけられたですね。ローマの町を歩いていてですよ。」

当時の彼としては大変な驚きだった。ところがその少し後に龍がローマに遊びに来て春樹と食事をしているとき、彼がしらっとこんなことを言ったのだ。

「ねえ春樹さん、俺今日ローマ歩いてたら朝から六人に声かけられちゃったよ。ローマって日本人多いねえ。」

春樹はその瞬間、食べていたパスタがのどにつかえてしまった。いかにも何でもないように話す龍を見て、「龍は偉い。大物だ」とただ感嘆するほかなかった。

生き方や好み、そして文学観は違えども、龍と春樹は互いに尊敬の気持ちを持っていた。春樹は同業者である他の小説家と会って対話をするということはまずないので、村上龍との付き合いは例外中の例外だった。「不親切だけど好きだ」と龍の小説を評価する春樹だが、はじめての長編小説『羊をめぐる冒険』は龍の『コインロッカー・ベイビーズ』の力強いストーリーテリングに刺激を受けて書いたと告白している。龍のほうも春樹の『世界の終わりとハードボイルド・ワンダーランド』を一晩で読んでしまうほど魅了されたという。龍にとってもそんな経験は多くなかった。

また、春樹は自身のベストセラー『ノルウェイの森』が龍のケースのようにデビュー作だったとしたら、きっと困惑しきって耐えられなかっただろうという。自分は小説を書き始めて十年経ってからベストセラーを出したのでプレッシャーもなかったが、デビューと同時に一躍ベストセラー作家になってしまった龍はさぞかしつらかっただろうというのだ。ところが、龍は『ノルウェイの森』が出る前から春樹に「春樹さんはミリオンセラーを一つ書いたほうがいいよ」と何でもない様子ですすめていた。同じようなペースで「マニア作家」式に進んでいるとどうしてもひとつのスタイルに固着してしまうから、どこかの時点で一度くらいは思いっきり穴をあける必要があるというのだった。「龍は気楽なやつだからそんなことを気楽に言えるんだな」と当時の春樹は聞き流していたが、後になってよくよく考えてみるとやはり龍の言うとおりだった。こうして、この二人の作家は「陰」と「陽」として互いを補い合ってきた。

今はどれほどの付き合いなのかわからないが、春樹が三十歳、龍が二八歳の青年だった頃、二人は対談集『ウォーク・ドント・ラン』を出している。今では絶版になったその本を入手して読んでみると、二人の強い個性とキャラクターがありのまま見てとれる。新人作家らしい幼さもあり、自分たちの私生活についてためらいもなく正直に話しているので絶版にしたのも少しわかる気がする。後になって読むと恥ずかしくてたまらないのだろう。それにしても、この本を読むとまだ新人作家だったころから現在の龍と春樹に通じるものがすでに存在していたことが感じられる。二人が互いに寄せたコメントだけを見てもわかるだろう。

村上龍のこと　村上春樹

村上龍という人は作家には見えにくい。それでは何に見えるかというと、まるで何にも見えない。

不思議な人である。

僕は対談のあいだ、いったいこの人は作家にならなかったら何になっていたのだろうとずっと考えていたのだが、それらしい職業はとうとうひとつも思い浮かべることはできなかった。（中略）最後にはこの社会は村上龍をまったく必要としていないのではないかとまで思い始めたほどだった。いや、おそらく「職業」という設定が間違っているのだ、と僕は思った。この人に必要なものは「職業」ではなく「状況」なのだ。

（中略）

もし我々二人が前線に取り残され、僕が重傷を負っていたら、彼は一時間くらいは一生懸命看護してくれると思う。それからきっとこう言うと思う。

「あの、ハルキさんさァ、俺ちょっと用事思い出しちゃったんだよ。それでさ、その用事済んだら戻ってくるけど、大丈夫だよね？　すぐに済むと思うからさ」

もちろん僕は村上龍氏を非難しているわけではない。誰にも村上龍を非難することなんてできない。この人は鮫のように口から状況を呑みこみ、そして前に進む。いかなる理由であれ、停止は死を意味するのだ。

僕は参ったなあと思いながらも、龍だからまあいいやと思って死んでいくに違いない。これはやはり人徳である。

村上春樹のこと　村上龍

ある作家の出現で、自分の仕事が楽になる、ということがある。

他者が、自分をくっきりとさせるのである。

ただし、そのためには、他者に相応の力がなくてはならない。

（中略）「お前がデビューして、俺は楽になった」

私は、中上健次からそう言われたことがある。同じ意味のことを、私は村上春樹に言った。〝楽になる〟とは変な表現だが、うまく呼吸ができるようになるとでも言えばいいだろうか。

（中略）

村上春樹のことを考える時、ある情景が浮かんでくる。知り合ったばかりの音楽好きの少年が二人、部屋でレコードを聞いている。（中略）二人はエレクトリックギターの音に、心を奪われているため、会話を交さない。二人は何回も、何十回もレコードを回す。

そして、窓の外が暗くなった頃、一人が「いいなあ」と言って、もう一人がうなずいただけで、二人の少年はお互いの部屋へと帰っていく。二人の少年は、それぞれの部屋で、ギターの音を思い出しながら、僕らが演奏家だったらいいのになあ、と考える。

僕らが演奏家だったら、あのいかした曲を、ギターとベースで一緒にやれるのになあ、そう考える。

小説家は、同じ曲を演奏することができない。[64]

episode. 6

友情と裏切りについて

村上春樹はシャイで人見知りなことで有名だ。春樹と親しいイラストレーターの安西水丸はこう語っている。

〝村上春樹さんという人は、とても人見知りをする人だけれど、友情のあつさにおいては完璧なものがある。〟[65]

一度親しくなったら長く続くのは友だちだけではない。講談社の編集者、斎藤陽子氏は『風の歌を聴け』から最新作『アフターダーク』に至るまで、およそ二十五年にわたって村上春樹の担当編集者として彼と共に数多くの本を生み出してきた。初めて会ったときは入社間もない独身女性だった彼女が今では大学生の子を持つ母親になっているというのだから、それだけ長い間ひとつの職場で働き通せていること自体が羨ましいというほかない。（私はこの本の出版許可をもらうために彼女と直接電話で話したことがあるのだが、声に恐いほどカリスマがあった）

初期に一緒に仕事をした写真家やイラストレーターとも長い間にわたって持続的に仕事をしていること、妻と四十年以上も友だちのような夫婦生活を維持していることも友情に対する彼の態度の一面なのではないだろうか。

春樹が三十二歳のとき、『文学界』から「友情と友人」について短い文章を書いてほしいと頼まれたことがあった。いざ友だちについて書こうと思うと、自分には友だちと呼べるような人がほとんどいないということに気がついた。逆に言うと、そのときまで友だちがほとんどいないという事実を認識せずに過ごしていたということだ！　冷汗をかきながら気を取り直してよくよく考えてみると、一緒にプールに通っていたり飲みに行こうと誘えるような「友だち」が男女合わせて四人ほど思い浮かんだ。彼らには共通点があり、沈黙を苦にせず、お酒を飲んでも自分の自慢や人生に対する不平不満を語らず、人の悪口を言わなかった。また、彼らは春樹の書いた小説をまったく読んでいないか、読んだとしてもほとんど興味を持っていなかった。

〝正直に言って、僕は多くの友人を作る人間ではない。というか、ほとんど友だちを作らない人間である。そのかわりいったん友だちとしての情を感じた人は、できるだけ大事にしたいと考えている。〟[66]

しかし、友だちだと信じていた人に裏切られたつらい経験もある。二〇〇六年四月号の『文藝春秋』で、春樹は過去に自分の担当編集者をしていた安原が生前（安原は数年前に癌でこの世を去っている）村上春樹の自筆原稿を東京神田の古書店に高価で売り払っていた事実について語っている。自分の手書き原稿がヤフー・オークションにかけられたり古書店の片隅に展示され売られたりしているのを目撃し、春樹は大きな衝撃を受けた。

安原は反骨精神のある編集者で、二人は春樹が作家として駆け出しのころから親しくしていた。しかし、春樹がベストセラー作家となった後は安原が理由もなく露骨に敵対的な態度を見せるようになり、二人は疎遠になっていった。少なくとも春樹は彼に純粋な好意を持ち、彼が自分のことを理解してくれると信じていた。それから、安原は春樹にとって唯一の文芸業界との結びつきでもあった。

風の噂で安原が編集者を辞めて売れもしない小説を書いていることを知った。世間が自分の才能に気づいてくれないことにいら立っていたことや、癌の闘病の話も聞き、春樹も心が穏やかではなかった。ところが、よりによって死後にこのような原稿流出事件が起こるとは春樹にも信じられなかった。そのことをきっかけに彼はあらためて安原との日々を振り返らずにはいられなかった。

安原はなぜ人をここまで傷つけなければならなかったのだろうか。友情を失ったこともやるせないが、自分の手書き原稿を遺族のための遺品として利用した彼に対して村上春樹はどんな感情持ったらいいのかわからなかった。

日常生活の法則

村上春樹の日常生活は小説を書くのに最適な環境を作るための修行のようだ。たいてい日が昇る前に起きて午前中のうちに一日の執筆分量をすべて終わらせる。午後は用事を済ませるか運動をするかして、日が落ちたらもう仕事はしない。一日の日課を終えると、ビール一瓶か赤ワインあるいはウイスキーを軽く飲みながら音楽を聴いたり本を読んだりする。だいたい十時頃には寝床に入るが、ときには八時半に寝ることもある。週末でもこのパターンは変わらない。

『海辺のカフカ』を書いたときは、毎朝四時に起きて五時間小説を書いた後、運動着に着替えてジョギングをした。午後には一、二時間くらい長年の趣味である「中古レコード店めぐり」に出かけ、ジャズのLPを探し歩いた後、水泳かスカッシュをして夜九時に机に戻り、寝るまでの何時間かは翻訳に没頭した。これがお決まりの平和な一日の日課だった。

衣食住にもやはり日課と同じような一貫性がある。春樹のファッションスタイルは、高校の制服を卒業してから今に至るまで基本的に落ち着いた濃紺やベージュなど無彩色系のシンプルカジュアルだ。例えるならば、保守的なライフスタイルを追求しながらも政治的な価値観は進歩的なアメリカの中産層知識人のファッションスタイルとでもいおうか。アメリカ、メイン州の小さなカバン屋で偶然見つけたお気に入りのトートバックを肩にかけ、たいていはスニーカーを履き、腕時計は一万円以下という原則を守っている。彼にとっては楽でシンプルな服装こそが最高のスタイルなのだ。

そんな春樹にもシャツに執着した時代があった。ジャズ喫茶を経営していた頃の話だ。自分が着ている三十枚のシャツを見るために「ピーター・キャット」に来ているお客さんもいるはずだと頑なに信じていた彼は、そのお客さんたちのために毎日違うシャツを選び、前の晩にはきちんとアイロンをかけ（そのおかげで家事の中で彼の特技はアイロンになった）ハンガーにかけておいた。その中でも買ったばかりのぱりっとしたブルックス・ブラザーズの白いボタンダウンシャツの匂いと肌触りが何とも言えずよかったという。こざっぱりしたシャツに白いエプロンをしたマスター村上春樹が作る「ピーター・キャット」名物のロール・キャベツをふと食べてみたくなる。

また、春樹はシンプルで健康的な食生活を好む。できるだけ調理段階の少ない単純な料理がいい。春樹は京都の小さな気取らない懐石料理屋で奥さんが作ってくれる煮物や和え物のようなものがいちばん好きなのだ。家での料理はさらにシンプルだ。食事の基本はまずたっぷりのサラダを食べ、魚は生かあるいは焼いて食べる。お米を食べるのは外食のときだけで、家ではパンかパスタ、あるいはその他の麺類を茹でて食べるくらいだ。

ジャンクフードは食べないが、ドーナツの誘惑にだけは打ち勝つことができない。だから春樹はドーナツの本場であるボストンでの暮らしが本当に幸せだった。彼が好きなドーナツは伝統的なスタイルのドーナツだ。ドーナツ屋がマフィンやベーグルのようなパンを並べるのは反則だと腹を立てるほどのドーナツ好きなのだ。

旅行に行ったときの食事では、初めてのレストランに入ったら必ず中くらいの価格帯のものを注文する。ケチだというよりも、飲食店の真の実力は「中くらい」の価格帯のものに出ると信じているからなのだ。ワインやウイスキーも同じだ。寿司屋でいうと、トロではなくマグロの赤身を美味しく食べさせてくれる店を信頼している。

春樹は健全な生活の信条が大きなところにあるというよりは小さなことから始まると信じている。作家生活を始めて以来こうして模範的で変わらない日常を維持してきて、ひょっとしたら息が詰まることもあるのではないか。自分が決めた枠からはみ出してしまう可能性は本当にないのだろうか。春樹に関しては、おそらくないはずだ。彼は自分の考えや生活習慣をそう簡単には変えないのだから。その代わり突破口はある。春樹は大の引越し好きなのである。食べるものや着るものはめったなことでは変えないが、趣味が引越しだといえるほど彼は転居を繰り返しながら暮らしてきた。引越しほど日常の風景をがらりと変えられるものは他にないので、春樹は専業作家になってから今まで三年以上

は同じ場所に住まないという「引越し中毒」になった。

きちっと自己統制された村上春樹の日常生活は、彼の「男の子らしさ」と無関係ではない。幼い頃から一人で育った春樹は、いつも一人だからこそ強くならなくてはと思いながら生きてきた。彼にとっての「男の子らしさ」とは、困難に直面しても、ぐっとこらえて乗り越えていくことだ。普段は少し抜けているところがあっても、壁にぶつかったときには一人でもひるまず打ち勝つことを理想的な男の子らしさだと思っている。つまらない言い訳をしたり、図々しく人を利用したり、人の悪口ばかり言うようであれば、それは「男の子」ではないという。

春樹のまた別の「男の子らしさ」は、約束時間、特に仕事に関する約束を厳守することだ。何も考えずむやみに仕事を引き受けることはまずないし、すべきことはきっちりとして、してはならないことは絶対にしない。春樹のこういう一面が、彼の考える男の子らしさなのだ。

女性に優しく礼儀正しく振る舞いながらも基本的に少し生意気なところがあるのも、無邪気な突飛さと好奇心も春樹の男の子らしさの一面だ。人体標本の工場に取材に行ったとき、職員に向かって唐突に「この会社は社員旅行はどこに行くんですか?」と聞いた春樹、小岩井チーズ工場に見学に行ったとき、動物を愛するあまり子牛の口に指を突っ込んで天真爛漫に喜んでいた春樹は、今も六十六歳の男の子なのだ。

作家の妻

〝タートルネックのセーターがよく似合うガールフレンドを持つことも素敵ですね。〟[67]

春樹のこの言葉を聞くと、映画「恋愛適齢期」（二〇〇三）のワンシーンが思い浮かぶ。ジャック・ニコルソンにどうして真夏にタートルネックを着るのかと聞かれたダイアン・キートンが「タートルネックのよく似合う女なのよ」と答えるシーンだ。

村上春樹は自然で化粧っけのないチャーミングな女性、「シンプルで上品な白いコットンのシャツみたいな人」を好んだ。おそらく知的でユーモア感覚のあるボーイッシュな女性に好感を持つようだ。

春樹は言う。この世で完璧な男女が結合する恋愛というのは夢のまた夢なのだと。だから、春樹が小説で描く恋愛は、孤独な男と女が出会って互いの自我をぶつけ合いながら克服していくというよりは、はじめからどこか諦めている部分があって互いに無理な要求をしない、そんな「距離感」のある恋愛だった。愛を喪失していく恋人たちの姿もよく描かれる。主人公たちは去る者は追わず、来る者は拒まない。はじめから恋愛というものに大きな期待をしていないからなのだろうか。

過ぎ去った愛にも彼は執着しない。自分の感性や情緒の大部分を作りあげた思春期に吸っていた空気、読んだ本、行った場所、聴いていた音楽、好きだった女の子などは今でも心の中の大事な一部として生きているというのに。

〝僕は十五のときに恋に落ちたことがあるんだけど、そのときの熱い感情を今でもはっきり覚えています。別れた彼女のことを思うと今でも胸が熱くなりますね。でも、もう会わないほうがいいと思います。会ったとしても、もう戻れることはないですし。良くも悪くもそれが人生ですからね。〟[68]

一方で、一度過ぎ去った愛は取り戻すことができないので、結婚はしたいと思ったときにするべきだと彼はいう。春樹が二十代前半という若さで学生結婚をしたように、結婚はしたいときにするのがベストだというのが彼の考えなのだ。だとしたら、どんな相手と？

〝その人の前に出ると、思わず顔がほころんでしまうような相手がいちばんだ〟[69]

ずいぶんロマンチックな答えである。そして、結婚生活で愛が冷めてマンネリになったら、とにかくすぐに離れるべきだという。「人生というのは、退屈しながら生きていくにはあまりにも貴重なもの」[70]だから、だそうだ。その分、結婚した伴侶には最善を尽くすべきだとも言っている。

〝結婚生活は悲惨か？　そのとおりです。悲惨です。しかし結婚しなくたって、人生はもともと悲惨なものです。だから二人の悲惨を持ち寄って、もたれあえばいいのです。うまくいけば、ちょっとはラクになれます。〟[71]

こうなると、こんな男性を夫にした女性のことが当然気になってくる。

作家村上春樹の妻、村上陽子はどこにでもいるような平凡な「作家の妻」ではない。彼女はだれより頼もしいパートナーであり、友であり、有能な編集者だ。原稿ができあがったらまず妻に見せるのが不変の原則で、妻陽子の審査を通過して初めて担当編集者に見せることができるのだ。作家として駆け出しの頃、春樹と同じくらい本が好きな陽子が「最近おもしろい本がないから一つ書いて」と言うと、春樹は「しょうがないな、書くか」という軽い気持ちで、妻を楽しませるために文章を書いたという。『プレイボーイ』のインタビューで「僕は人間としての出来はそれほど良くないけど、夫としてはよくやってますね（笑）」[72]と語るほどの愛妻家なのだ！

春樹が妻に最初に原稿を見せるのは、彼女の公平さを信じているからだ。陽子はいくら夫の書いた小説だといっても、面白くなければ面白くないとばっさり切り捨てるタイプだ。そこには身びいきも遠慮もまったくない。

〝冷静というか、いくらだれかを愛しても、批判意識は持っていますね。〟[73]

それは二人が大学の同級生として出会い、結婚後もずっと対等な関係を維持してきたからこそ可能なのではないだろうか。一年ほどは陽子が外で働いて、春樹が家で主夫の役割をしたこともあった。「ピーター・キャット」を経営していたときも、二人はジャズ喫茶の仕事と家事をきっちり公平に分担した。今でこそ彼の小説で暮らしているが、偶然自分に小説を書く能力があったというだけで、小説を読んで評価する技量においては対等だと春樹は妻のことを客観的に評価している。妻が初稿を読み終えると、二人は二日くらい昼夜を問わず徹底的に意見を交わす。実際に妻の指摘や助言は的確で、彼女と話をしているうちに春樹の頭の中は次第に整理されていった。

妻、陽子のキャラクターも春樹に負けず劣らず独特だ。生まれてから一度もパーマや化粧をしたことがないうえ、怪奇小説を好み、小さい頃になりたかった職業は忍者だった。「夜」を嫌う朝型人間で、遊び盛りの十代や二十代のときでさえも夜の外出はまずしなかった。夜遅くまで起きていることがないので吸血鬼とは一生遭遇する機会がないと思っているうちに、いつしか吸血鬼に魅了され、関連本をすべて読みあさってしまったという。夜に起きていることを嫌う代わりに、彼女は朝日が昇る光景を見るのが好きだ。いま彼女が夢見ている理想的な暮らしは、のんびりした島で果物を食べながら静かに暮らすことだ。

陽子は、春樹の考える「感情の絶対性」に同意する。


〝うちも、誰かを好きになったら離婚よ。

これは、「好き」というのを大事にしたい、という意味合いが大きい。自分がどうこうより、その人(夫)が、他に「好き」を多く感じるなら、そこで人生をシフトするべき(好き、を貫くため)というだけ。

だから、うちは、浮気とかいう状態がたぶん、あまりありえないと思うけど。

好き合っているか、離れるか、どっちかしかなくて。

(中略)もし夫がその人の方が好きになったら、ちゃんとそう言ってもらう。それがルールなわけね。

(中略)それで、どっちかが、別の人の方が好き、とはっきりなったら(中略)それは離婚するのが、相手を尊重することになるわけよ。〟[74]

そう言いながらも、夫に先立たれたらどうするかという質問に対してはこう答えている。

〝一緒に死にます。って言うか、気持ち的にそうかな。生きていたとしても、心は死んでいる。それに、実際そんなに長く生きないんじゃないかな私も。そうなったら。〟[75]

春樹は健康と貯金、そして賢明な伴侶こそが自営業者の三つの宝だと語る。[76]

episode. 7

描かれなかった一枚の絵

二人の素敵な男性がいた。一人は作家で、もう一人はイラストレーターだ。二人は東京青山付近に生息し、偶然道で出くわすと意気投合してお寿司を食べに行くか、行きつけのバーに飲みに行くかした。いくつになっても少年のようにふざけて冗談を飛ばしながら。

彼らは相性がいいことで知られる名コンビだった。二人は村上春樹がジャズ喫茶の店主をしていた頃からの仲で、一九八一年の『中国行きのスロウ・ボート』のときから三十年あまりにわたって二十二冊の短編集とエッセイ本を共に作ってきた。村上春樹のいきいきしたリズム感ある文体に、安西水丸のおとぼけでさらさらっと描いたような脱力感あふれる絵。二人の仕事は絶妙にマッチして見る者を笑顔にさせた。安西水丸の本名である「渡辺昇」は、「ファミリー・アフェア」をはじめとする村上春樹の短編小説六編で主人公の名前として使われている。二人の男の誠実な本作りの歴史、そして彼らの深い友情の記録は私たちの心を温めてくれる。

〝安西水丸さんはこの世界で、僕が心を許すことのできる数少ない人の一人だった。〟[77]

村上春樹はその特別な友情についてこう告白しているが、安西水丸は二〇一四年三月、自宅で仕事をしている最中に脳出血で倒れ、帰らぬ人となった。七十一歳だった。村上春樹は『週刊朝日』四月十八日号に「描かれずに終わった一枚の絵——安西水丸さんのこと——」という題で唯一の追悼文を書いた。その年の夏に刊行予定だった『セロニアス・モンクのいた風景』の表紙の絵を描いてくれることになっていたのに、その約束を果たせずにこの世を去ってしまったことを惜しむ思う気持ちを綴った淡々とした文章だった。

〝水丸さんは「いいよ、やりましょう」と快諾してくれ、ついでにニューヨークでモンクに会ったときの話をしてくれた。一九六〇年代後半、彼がニューヨークに住んでいたとき、あるジャズ・クラブにモンクの演奏を聴きに行った。いちばん前の席で聴いているとモンクがやってきて彼に煙草をねだった。水丸さんは持っていたハイライトを一本彼に進呈し、マッチで火もつけてあげた。モンクはそれを吸って、「うん、うまい」と言った。「モンクにハイライトをあげたのは、たぶん僕くらいだよね」と嬉しそうに水丸さんは電話で語っていた。〟[78]

この先、「春樹×水丸」名コンビの本をもう見られないということ、特に安西水丸にしか描けない力の抜けた、気持ちをほぐしてくれる色の美しい絵をもう見られないのは本当に残念だが、その分彼らが作ってきた本たちの大切さが一層際立ってくる。

男の子らしさ

苦痛と自己治癒というのは『羊をめぐる冒険』以後、村上春樹の作品を貫く大きなテーマだった。

〝僕が興味を持っているのは、人が自分のなかに抱えて生きている一種の闇のようなものです。僕はそれをよく観察して物語というかたちでありのままリアルに書きたいんです。解釈したり、説明したりせずに。〟[79]

苦痛に対する村上春樹の基本姿勢は「受容」だ。人生に対する彼の基本的な態度は「起きてしまったことは起きてしまったことだ」というものなのだ。合わせて生きるほかにないから、ひとまず起きてしまったことは黙々と受け入れる。苦痛も引き受けなければならないと彼は言う。短編集『女のいない男たち』の主人公たちは、女に捨て去られる苦しみを経験する。そして、「女が去る」という苦痛を最小化させるために普通の男たちがしないようなことをする。彼らは冷静だ。泣きわめいたり、物を壊したり、しがみついたりといった女を困らせる行動は控えている。どんな風に女が去っていったのかは詳しく描写されているが、彼女らが「どうして」

去ったのかは誰にもわからない。

春樹はここでひとつの重要なメッセージを投げかけている。それは傷つくときにはしっかり傷ついたほうがいいというものだ。傷ついていないかのように自制すればするほど、さらに深く傷つくことになる。自分がどれほど彼女を愛し、今どれほど傷ついているかを表現して、自分が彼女にとってどれほど無意味で無価値な存在だったかを受け入れなければならないという。

短編小説のなかでも、「木野」に登場するバーのマスター木野は苦痛に鈍感だ。まるで自分に起きているのではないかのような反応をする。だが、そのせいで「毒」は向かう先を失ってしまう。深く傷ついていながらそうではないふりをする人というのは、概して自己統制力と自尊心が強い人なのではないだろうか。表面的な「受容」では毒が自分のなかをぐるぐると回り続けるばかりで永遠に抜け出すことができない。自分が抱える「悪の心」を受け入れること、自分がこれほど人を憎しみ、その人の不幸を願う人間であることを知り、それを受け入れることによってはじめて苦痛から抜け出すことができるのだ。

苦痛を認めてからも、焦って解決策を見つけようとしないことが春樹式の対処方法だ。どんな問題でも簡単な答えは存在しない。大事なのは正しい答えを出すことではなく、深い考察と悩みを通してこの世の中と自分に対する理解を深めていくことだ。世の中の複雑さに耐えられるようでなければならない。じっと蹲っている時間も人生には必要なのだ。一人静かに痛みを抱える力がなければ「心の年輪」のようなものは作られていかない。その苦しみにじっと耐えていると自然となにかが見えてくる。苦痛との対面はそういう方式で静かに、しかし確実に成し遂げられていく。自分自身に「頑張れ」よりも「ひとまず生き抜こう、耐え抜こう」と声をかける。その次に「自分にできることはなんとしてでもやってやる」と自分らしい方法で頑張って前に進んでいく。その過程でどんな逆境が訪れようと「自分のルール」は貫徹する。つまり、小さなことを蔑ろにしないことで、もっと大きな何かを成し遂げられるのだ。

二〇一五年の初めに行われた読者との対話「村上さんのところ」の質疑応答で、ある質問者が感受性の磨き方について聞き、彼は次のように答えた。「気持ちよく生きて、美しいものだけを見ていても、感受性は身につかないということです。（中略）きみはそこに、何か美しいもの、正しいものを見いだしたいと思う。そのためには、きみは痛みに満ちた現実の世界をくぐり抜けなくてはなりません。その痛みを我が身にひりひりと引き受けなくてはなりません。そこから感受性が生まれます。」[80] また、人間の魅力というのもそれと同じで、ほどほどにやってほどほどに手に入れられるものではなく、さまざまなつらい経験を通して人間が深くなっていくもので、「本当に大事なことは多くの場合、痛みと引き替えにしか手に入らない」と春樹は言う。

〝人は多くの場合、痛みから学びます。それもかなりきつい痛みから。〟[81]

私にいちばん響いた彼の「苦痛論」だ。

村上春樹は悲観的な現実主義者だ。彼にとって人生は「負けると決まっているゲーム」なのだ。春樹の小説の主人公たちは、いつも何か自分が失くしてしまった大切なものを取り戻すために彷徨っている。その過程で彼らは人を傷つけ、時間を無駄にし、可能性を失う。それこそ不確実で不安な、普通の人生を反映しているのだ。

ひたすら何かを失っていくだけの絶望の旅路。しかし、どうせ虚しく負けるゲームならルールを守ってきっちりと負けたほうが後悔が残らない人生なのではないか。そして、とりあえず生きていく以上、最善を尽くして生きなければならないということに気づかされる。どんなにつらいことがあっても、それをぐっと我慢して乗り越えていくのが「男の子」の生きる態度なのだ。

エピローグ——村上春樹の足跡を辿る旅

本の原稿を書きあげ、すっきりした気持ちで旅に出ることほど気分のいいものが他にあるだろうか。この本の締めくくりとして、特別な旅を自分にプレゼントすることにした。村上春樹の足跡（小説の舞台になった場所と彼のなじみの場所）を辿る旅を通して、もう一歩彼に近づき、彼をもう少し理解できそうな気がしていた。

告白すると、村上春樹が泊まったというイースト・ハンプトン（ニューヨークに近い海辺のリゾート）のB&B、それから彼が成長期を過ごした神戸は既に訪問済みで、彼にまつわる場所を回ったことがある。夫はこんな私を見て「春川や南怡島を訪れるヨン様ファンと変わらない」[82]と笑っていたが、私は気にもとめず「春樹記念旅行の完結版」として東京行きの飛行機をとった。私にしてはずいぶん贅沢な三泊四日の日程だった。

まず、宿は青山にあるホテルフロラシオン（二〇一五年に閉店）に決めた。村上春樹が『アンダーグラウンド』を書いたとき、このホテルの喫茶店「Voile La」で地下鉄サリン事件の被害者たちのインタビューをしたというので気になっていたのだ。こじんまりとした小綺麗で静かなホテルだった。

到着した次の日、私がまず向かったところは早稲田大学だった。旅行に行ったら、その地域の代表的な大学を訪れて学生食堂で素朴な定食を食べてみることを「小確幸」[83]のひとつだと思っているからだ。それと、春樹は大学時代のほとんどを教室ではなくアルバイト先で過ごしたというが、唯一アジトとしていた坪内演劇博物館をこの目で見てみたかったのだ。シェイクスピアの時代の建築様式で建てられたその建物を目にした瞬間、小説の中に入り込んだような錯覚に陥り、もしかしたら『海辺のカフカ』のカフカが隠れて暮らしたあの図書館はここがモデルなのではないかという気がした。ニスが塗られたマホガニーの床は一歩一歩進むごとにぎいぎい音を響かせ、壁のあちこちに設置された薄暗いライトとマッチしてノスタルジックな雰囲気を醸し出していた。ここの一階にある資料閲覧室で村上春樹は古今東西のシナリオを読みふけっていた。

その当時の春樹に会いたければ、このうら寂しい閲覧室か、もしくは新宿歌舞伎町の夜の街を訪ねればいい。村上春樹が歌舞伎町でどんなアルバイトをして学費と生活費を稼いでいたのか詳しいことはわからないが、それがレコード屋だったという説もあればスナックだったという話もある。何にせよ彼は夜通しアルバイトをして、ゲームセンターで時間をつぶし、朝になってから家に帰って眠った。学校で学んだことよりも歌舞伎町のスナックやゲームセンターで学んだことのほうが人生の役に立ったらしい。

歌舞伎町のあたりは劇場が密集しているのがよかった。春樹の特別な楽しみは毎年の大晦日の「新宿深夜映画館」だった。歌舞伎町の映画館で夜の十時から朝まで合わせて六本ぐらいの映画を立て続けに観て出てくると、騒がしい夜の残像は跡形もなく消え去り、通りは寂しいほどに閑散としていた。歌舞伎町の夜の街で忙しく働くアルバイトの男の子たちを見ていたら、そんな残像がまるで私自身の記憶であるかのように頭に浮かんできた。

新宿歌舞伎町ではもう一ヶ所行くところがあった。それはジャズ・バー「DUG」だ！『ノルウェイの森』の舞台になった「DUG」は、伝説のジャズカフェとして一九六〇～一九七〇年代「ジャズ的なライフスタイル」が流行した時代に人々を熱狂させた場所だ。十坪ほどのこのバーには小さなテーブルが六つと七人くらい座れるカウンターがあった。周りを見てみると、スーツ姿のおじさんが一人コーヒーを飲みながら本を読んでいて、また一人の中年女性がその向かい側でゆっくりタバコを吸いながらウイスキーオンザロックを飲んでいた。店の中にはマイルス・デイビスの音楽が流れていた。春樹が経営していた「ピーター・キャット」もこんな雰囲気だったのだろうか。

次の日には都心を遠く離れ、春樹が特に気に入っていた場所を訪ねることにした。ノスタルジックな雰囲気が漂うその場所「ホノルル食堂」は東京から一時間ちょっと行った湘南の海辺にある庶民的な食堂だ。春樹は一九八六年、『世界の終わりとハードボイルド・ワンダーランド』というとつもない長編小説を書いていたころ藤沢市に住んでいて、午前中に一日の原稿を書きあげると、ときどき長い散歩で海まで歩いてきてホノルル食堂でお昼を食べた。ひどく苦労して書いた長編だからこの場所が忘れられないのか、それとも本当にこの食堂が気に入っていたのか、めったなことでは特定の場所を明かそうとしない彼が、私が見ただけでも二回も自身のエッセイにこの食堂のことを書き記していた。名前もロマンチックで味もよく値段も安いというのだから、行かないわけにはいかない。

「ホノルル食堂」に向かう道も平凡ではなかった。百年前からある江ノ電にのんびりと揺られながら海まで行くのだ。ゆったりしたスピード、向かいの席に座っている人の足があたるかあたらないかの狭い通路。さらに、住宅の間をぎりぎり縫うように進んでいくので、窓の外に手を出せば線路沿いの家に干してある洗濯物を取り込んでしまえそうだった。青春の象徴である湘南の海では、無数のサーファーたちがサーフィンを楽しんでいた。海沿いをだいぶ歩いて、やっと掘っ立て小屋のような外観の「ホノルル食堂」を見つけることができた。

店のドアを開けて入ってみると、寡黙で真面目そうなご主人、髪をきちっと結んだきれいな奥さん、まだ二十歳にもいかないような日焼けしたぽっちゃり顔の娘さんが十坪ぐらいの店内をせわしく動き回っていた。お客はほとんどがサーフィンを楽しみに来ている日焼けした若者たちだった。『地球のはぐれ方』[84]で十数年ぶりに「ホノルル食堂」を訪れた春樹が食べたという「さよりとエビのかき揚げ丼」

を私も頼んで食べてみたら、期待通り「トテモオイシイ！」

旅行中、「ホノルル食堂」と同じくらい印象的な人物にも会うことができた。東京昭島で「村上春樹資料館」を運営する渡辺商店のオーナーさんに運よく連絡がつき、渡辺さんのご自宅にお邪魔させてもらえることになったのだ。ここはオンラインで村上春樹に関する書籍や雑誌の貸出を行っていて、参考資料でも大変お世話になった。

資料館のオーナーである渡辺シンジ氏は妻ヨウコ氏、猫のツナと暮らしている。こじんまりしたマンションのリビングにある本棚は村上春樹の著書と彼に関する記事が掲載された雑誌でいっぱいで、私も胸が高鳴った。既に絶版になった本にはじまり春樹の妻陽子が出した写真集に至るまで、実に多彩なコレクションが揃っていた。ところが、謙虚な渡辺氏は挨拶を終えて座った途端、「想像していたのとはずいぶん違うでしょう？　遠い外国からなぜわざわざこんなむさ苦しいところへ？」と照れ笑いを浮かべた。彼が個人的に好きな作品は『世界の終わりとハードボイルド・ワンダーランド』だが、いつか村上春樹本人に会える機会があったら、どうして最近の作品は前に比べて面白くないのか問い詰めるつもりだという。

帰国の前日、私は最後に春樹の青山の散歩コースを歩いてみることにした。日曜日の朝早くにフロラシオンホテルを出ると、夜の間に雨が降ったのか通りは濡れて道は閑散としていた。彼がよく歩くという青山墓地方面の並木道では、ペットの散歩かジョギングをしている人たちがまばらに行き来していた。春樹はときどきこの辺りを散歩して墓地を突っ切り、頑固そうな六十のおじいさんが美味しい紅茶をいれてくれる「ブラマー・ハウス」という紅茶専門店に立ち寄るという。一度行ってみたかったが、残念ながら私が行った時間には開いていなかったので、その代わり彼の行きつけのコーヒーショップ「大坊珈琲店」に向かった。三坪ほどの個性的な「喫茶店」であるこの場所で濃いコーヒーを飲みながら、私はふと「春樹が好む場所はどうしていつもこう狭くて、人がいなくて（いたとしてもみな一人で来ている）、店主が頑固そうな店ばかりなのだろう」と思った。

それはそうと、もし彼が帰国する六月ごろに私がこの場所を訪ねていたら、道端でばったり彼に会えることもあったのだろうか。運よく会えたとしたら、きっと伝えたい。あなたは私の「北極星」のような作家なのだと。

訳注

1　民団は「在日本大韓民国民団」の略称。

2　総連は「在日本朝鮮人総聯合会」の略称。日本に在留する韓国・朝鮮籍の人々のうち、北朝鮮を支持する人々で組織され、朝鮮労働党の指導のもとで活動している。民団とは互いに反目する関係にある。

3　「村上春樹ロングインタビュー」『考える人』二〇一〇年夏号

4　本書の原題は『어디까지나 개인적인』、直訳すると「どこまでも個人的な」という意味。

5　引用元不明のため、原書の韓国語文をもとに翻訳者が日本語に訳し直した。

6　村上春樹『象の消滅——短篇選集 1980-1991——』新潮社

7　村上春樹『ノルウェイの森』講談社

8　村上春樹・安西水丸『村上朝日堂はいかにして鍛えられたか』新潮文庫

9　村上春樹・安西水丸『「これだけは、村上さんに言っておこう」と世間の人々が村上春樹にとりあえず

ぶっつける330の質問に果たして村上さんはちゃんと答えられるのか？』』朝日新聞社

10　村上春樹「ブライアン・ウィルソン　南カリフォルニア神話の喪失と再生」『意味がなければスイングはない』文春文庫

11　「ビーチ・ボーイズを通過して大人になった僕達」『PENTHOUSE』一九八三年五月号

12　一九八八年に発足した盧武鉉政権下では、八七年の「民主化宣言」につづく軍事独裁政権の解体を受け、軍事政権期にはタブーであった南北統一議論が可能となった。民主化運動勢力は韓国の反共主義を批判する路線での早期の統一を主張し、アメリカとの連携による安保を重視しようとする政府との間に新たな対立が生まれていた。筆者が大学に入学した八九年は、韓国の学生運動が民主化を達成し、次のフェーズに入っていた時期である。

13　テンジャンチゲは、日本でいう味噌汁。

14　チョッパリは、日本人を蔑んで呼ぶ言葉。

15　糸井重里『話せばわかるか。糸井重里対談集』角川文庫

16　村上春樹・安西水丸「『引越し』グラフィティー（3）」『村上朝日堂』新潮文庫

17 和田誠編『モンローもいる暗い部屋』新潮社

18 ジェイ・ルービン『ハルキ・ムラカミと言葉の音楽』新潮社

19 糸井重里『話せばわかるか。糸井重里対談集』角川文庫

20 ジェイ・ルービン『ハルキ・ムラカミと言葉の音楽』新潮社

21 村上春樹『「そうだ、村上さんに聞いてみよう」と世間の人々が村上春樹にとりあえずぶっつける282の大疑問に果たして村上さんはちゃんと答えられるのか?』朝日新聞社

22 村上春樹・安西水丸「国分寺の巻」『村上朝日堂』新潮文庫

23 安西水丸「村上春樹さんについてのいろいろ」『IN POCKET』一九八六年十月号

24 「マスターアンケート」『ジャズ批評別冊「ジャズ日本列島」75年版』ジャズ批評社

25 韓国語版では、田中角栄と川上宗薫の二文は省略されているが、日本語訳ではもとのインタビューのとおりに掲載した。

26 「ジャズ喫茶のマスターになるための18のQ&A」『JAZZLAND』一九七五年八月一日号

27 引用元不明のため、原書の韓国語文をもとに翻訳者が日本語に訳し直した。

28 「僕が『僕』にこだわるわけ。」『広告批評』一九八二年三月号

29 「新人賞 前後」『群像』一九八二年六月号

30 同上

31 同上

32 同上

33 「あれから25年」『本』二〇〇四年十月号

34 「群像新人文学賞＝村上春樹さん(29)は、レコード三千枚所有のジャズ喫茶店店主」『週刊朝日』一九七九年五月四日号

35 「新人賞前後」『群像』一九八二年六月号

36 引用元不明のため、原書の韓国語文をもとに翻訳者が日本語に訳し直した。

37 「第二十二回群像新人文学賞」『群像』一九七九年六月号

38 「村上春樹大インタビュー『ノルウェイの森』の秘密」『文藝春秋』一九八九年四月号

39 Phelan, Stephen. Found in Translation. *Sunday Herald*. Jan., 2, 2005.
40 村上春樹「『スプートニクの恋人』を中心に」『夢を見るために毎朝僕は目覚めるのです』文春文庫
41 柴田元幸『ナイン・インタビューズ 柴田元幸と9人の作家たち』アルク
42 Braunias, Steven. Japan Darkly. *New Zealand Listener*. May, 2004.
43 Phelan, Stephen. Found in Translation. *Sunday Herald*. Jan., 2, 2005.
44 村上春樹「アメリカで『象の消滅』が出版された頃』」『象の消滅』新潮社
45 『海』一九八七年七月号に掲載されたインタビューの表記のまま「スティフン」とした。
46 「疲弊の中の恐怖―スティフン・キング」『海』一九八七年七月号
47 「村上春樹ロングインタビュー」『本の雑誌』二〇〇四年八月号
48 「村上春樹、レイモンド・カーヴァーについて語る」『文學界』二〇〇四年九月号
49 Williams, Richard. Marathon Man. *The Guardian*. May, 17, 2003.
50 「村上春樹ロングインタビュー 物語はいつも自発的でなければならない」『広告批評』

51 村上春樹・河合隼雄『村上春樹、河合隼雄に会いにいく』新潮文庫

52 同上

53 「村上春樹ロングインタビュー　物語はいつも自発的でなければならない」『広告批評』

54 Poole, Steven. Haruki Murakami: I'm an Outcast of the Japanese Literary World. *The Guardian*. Sept., 13, 2014.

55 「僕はなぜエルサレムに行ったのか」『文藝春秋』二〇〇九年四月号

56 Anderson, Sam. The Fierce Imagination of Haruki Murakami. The New York Times Magazine. Oct., 21, 2011. 原文の英語をもとに、翻訳者が日本語に訳した。

57 同上

58 引用元不明のため、原書の韓国語文をもとに翻訳者が日本語に訳し直した。

59 「僕の今の文体は、走ることによって出来たと思う」『BRUTUS』一九九九年六月一日

60 糸井重里『話せばわかるか。糸井重里対談集』角川文庫

61 「あれから25年」『本』二〇〇四年十月号

62　「作家ほど素敵な商売はない」『IN POCKET』一九八五年十月
63　「村上春樹大インタビュー『ノルウェイの森』の秘密」『文藝春秋』一九八九年四月
64　村上春樹・村上龍『ウォーク・ドント・ラン　村上龍VS村上春樹』講談社
65　安西水丸「わが村上春樹　村上春樹さんについてのいろいろ」「村上春樹あ・ら・かると」『IN POCKET』一九八六年十月号
66　「ある編集者の生と死―安原顯氏のこと」『文藝春秋』二〇〇六年四月
67　村上春樹・安西水丸『「そうだ、村上さんに聞いてみよう」と世間の人々が村上春樹にとりあえずぶっつける282の大疑問に果たして村上さんはちゃんと答えられるのか？』朝日新聞社
68　引用元不明のため、原書の韓国語文をもとに翻訳者が日本語に訳し直した。
69　村上春樹・安西水丸『「そうだ、村上さんに聞いてみよう」と世間の人々が村上春樹にとりあえずぶっつける282の大疑問に果たして村上さんはちゃんと答えられるのか？』朝日新聞社
70　同上
71　同上

72 「村上春樹 現代日本文学の最先端を走り続ける長距離ランナー、村上春樹の意表をつく言葉の群れが耳を撃つ！」『プレイボーイ』一九八六年五月

73 引用元不明のため、原書の韓国語文をもとに翻訳者が日本語に訳し直した。

74 「あのひと」＋ユビキタスタジオ『あのひとと語った素敵な日本語』ユビキタスタジオ

75 同上

76 『「これだけは村上さんに言っておこう」と世間の人々が村上春樹にとりあえずぶっつける330の質問に果たして村上さんはちゃんと答えられるのか？』朝日新聞社

77 「週刊村上朝日堂 特別編」『週刊朝日』二〇一四年四月一八日号

78 同上

79 引用元不明のため、原書の韓国語文をもとに翻訳者が日本語に訳し直した。

80 村上春樹・フジモトマサル『村上さんのところ』新潮社

81 同上

82 春川、南怡島はいずれも韓国ドラマ「冬のソナタ」のロケ地として有名になった韓国の観光地。「ヨン

様」は「冬のソナタ」で主人公を演じ、韓流ブームのきっかけとなった俳優ペ・ヨンジュンの日本での愛称。

83　村上春樹による造語で、「小さいけれども、確かな幸福」の略。『村上朝日堂ジャーナル　うずまき猫のみつけかた』（新潮社）の中ではじめて用いられた。

84　村上春樹・都築響一・吉本由美『東京するめクラブ　地球のはぐれ方』文藝春秋

参考資料

〈**書籍**〉

「あのひと」＋ユビキタスタジオ『あのひとと語った素敵な日本語』ユビキタスタジオ
加藤典洋『村上春樹イエローページ』荒地出版社
五木寛之『風の対話集』ブロンズ新社
糸井重里『話せばわかるか。糸井重里対談集』角川文庫
柴田元幸『ナイン・インタビューズ 柴田元幸と9人の作家たち』アルク
日本エッセイスト・クラブ編『人の匂ひ』文藝春秋
和田誠編『モンローもいる暗い部屋』新潮社
ジェイ・ルービン『ハルキ・ムラカミと言葉の音楽』新潮社
ジェイ・ルービン『村上春樹と私』東洋経済新報社

村上春樹「ファミリー・アフェア」『パン屋再襲撃』文藝春秋
村上春樹『ノルウェイの森』講談社
村上春樹『ダンス・ダンス・ダンス』講談社
村上春樹『国境の南、太陽の西』講談社
村上春樹『羊をめぐる冒険』講談社
村上春樹『ねじまき鳥クロニクル』新潮社
村上春樹『アフターダーク』新潮社
村上春樹『象の消滅――短篇選集 1980-1991――』新潮社
村上春樹『意味がなければスイングはない』文春文庫
村上春樹『職業としての小説家』新潮文庫
村上春樹『夢を見るために毎朝僕は目覚めるのです』文春文庫
村上春樹『やがて哀しき外国語』講談社文庫

村上春樹『私たちの隣人、レイモンド・カーヴァー』中央公論社
村上春樹『走ることについて語るときに僕の語ること』文春文庫
村上春樹・安西水丸『村上朝日堂』新潮文庫
村上春樹・安西水丸『村上朝日堂の逆襲』新潮文庫
村上春樹・安西水丸『村上朝日堂　はいほー！』新潮文庫
村上春樹・安西水丸『村上朝日堂ジャーナル　うずまき猫のみつけかた』新潮文庫
村上春樹・安西水丸『村上朝日堂はいかにして鍛えられたか』新潮文庫
村上春樹・安西水丸『CD-ROM版村上朝日堂　夢のサーフシティー』朝日新聞社
村上春樹・安西水丸『「これだけは、村上さんに言っておこう」と世間の人々が村上春樹にとりあえずぶっつける330の質問に果たして村上さんはちゃんと答えられるのか？』朝日新聞社
村上春樹・安西水丸『「そうだ、村上さんに聞いてみよう」と世間の人々が村上春樹にとりあえずぶっつける282の大疑問に果たして村上さんはちゃんと答えられるのか？』朝日新聞社
村上春樹・河合隼雄『村上春樹、河合隼雄に会いにいく』新潮文庫

村上春樹・柴田元幸『翻訳夜話』文春新書
村上春樹・都築響一・吉本由美『東京するめクラブ　地球のはぐれ方』文藝春秋
村上春樹・フジモトマサル『村上さんのところ』新潮社
村上春樹・村上龍『ウォーク・ドント・ラン　村上龍VS村上春樹』講談社

〈雑誌〉

「マスターアンケート」『ジャズ批評別冊「ジャズ日本列島」75年版』
「ジャズ喫茶のマスターになるための18のQ＆A」『JAZZLAND』一九七五年八月一日号
「インタビュー：『群像新人文学賞＝村上春樹さん（29）は、レコード三千枚所有のジャズ喫茶の店主』」『週刊朝日』一九七九年五月号
「男には隠れ家が必要である」『BRUTUS』一九八〇年十二月号
「ニューヨーク・ステイト・オブ・マインド」『芸術新潮』一九八一年五月号

「僕が『僕』にこだわるわけ。」『広告批評』一九八二年三月号
「新人賞前後」『群像』一九八二年六月号
「坂下のおでん屋コンボイ」『太陽』一九八二年五月号
「村上春樹にとっての『雨』」『Can Cam』一九八三年一月号
「ビーチ・ボーイズを通過して大人になった僕達」『PENTHOUSE』一九八三年五月号
「レイモンド・カーヴァーについて」『海』一九八三年五月号
「対談 村上春樹 安西水丸」『イラストレーション』一九八四年二月号
「Haruki Murakami in New York」『Marie claire Japon』一九八四年十月号
「村上春樹への質問状」『BRUTUS』一九八五年四月号
「作家ほど素敵な商売はない」『IN POCKET』一九八五年十月号
「村上春樹 現代日本文学の最先端を走り続ける長距離ランナー、村上春樹の意表をつく言葉の群れが耳を撃つ！」『プレイボーイ』一九八六年五月号

「村上春樹あ・ら・かると」『IN POCKET』一九八六年十月号

「村上春樹大インタビュー『ノルウェイの森』の秘密」『文藝春秋』一九八九年四月号

「音楽的生活——イタリア的生活」『小説現代』一九八七年六月号

「疲弊の中の恐怖——スティフン・キング」『海』一九八七年七月号

「村上春樹——僕が翻訳をはじめる場所」『翻訳の世界』一九八九年三月号

「ガイジンによる、ガイジンのためのムラカミ・ハルキ」『プレイボーイ』一九九二年六月号

「村上春樹への18の質問」『広告批評』一九九三年二月号

「五〇〜六〇年代NYのジャズ・シーン　ビル・クロウと語る」『GQ Japan』一九九四年十月号

「村上春樹——予知する文学」『國文學』一九九五年三月号

「村上春樹解体全書」『ダ・ヴィンチ』一九九五年五月号

「僕の地下鉄サリン事件」『週刊現代』一九九七年三月号

「ニューヨーカーの村上春樹」『ダ・ヴィンチ』一九九七年六月号

「地下鉄サリン事件と日本人」『現代』一九九七年七月号
「僕の今の文体は、走ることによって出来たと思う」『BRUTUS』一九九九年六月一日号
「僕が翻訳するわけ」『marie claire Japon』一九九九年九月号
「物語はいつも自発的でなければならない」『広告批評』一九九九年十月号
「ワンダー村上春樹ランド」『ダ・ヴィンチ』二〇〇二年十一月号
「村上春樹ロング・インタビュー『海辺のカフカ』を語る」『文学界』二〇〇三年四月
「村上春樹ロングインタビュー」『本の雑誌』二〇〇四年八月号
「村上春樹さんのおうちへ伺いました」『Arne』二〇〇四年一二月号
「村上春樹、レイモンド・カーヴァーについて語る」『文學界』二〇〇四年九月号
「あれから25年」『本』二〇〇四年十月号
「新しい『村上春樹』」『群像』二〇〇四年十月号
「ある編集者の生と死——安原顯氏のこと」『文藝春秋』二〇〇六年四月号

「僕はなぜエルサレムに行ったのか」『文藝春秋』二〇〇九年四月号
「村上春樹ロングインタビュー」『考える人』二〇一〇年夏号
「描かれずに終った一枚の絵——安西水丸さんについて」『週刊朝日』二〇一四年四月十八日号

〈英文・書籍〉

Rubin, Jay. *Haruki Murakami and the Music of Words*. Harvill Press. 2005.

〈英文・記事〉

Anderson, Sam. The Fierce Imagination of Haruki Murakami. *The New York Times Magazine*. Oct., 21, 2011.
Braunias, Steven. Japan Darkly. *New Zealand Listener*. May, 2004.
Brown, Mick. Tales of the unexpected. *Telegraph*. Aug., 15, 2003.
Castelli, Jean-Christophe. Tokyo Prose. *Harper's Bazaar*. Mar., 1993.

Catton, John Paul. Big in Japan: Haruki Murakami. *Metropolis*.

Devereaux, Elizabeth. Publisher's Weekly Interview: Haruki Murakami. *Publisher's Weekly*, Sept., 1991.

Gregory, Sinda. Toshifumi Miyawaki and Larry McCaffery. An Interview with Haruki Murakami. *Dalkey Archive Press*.

Hawthorne, Mary. Love Hurts. *The New York Times*. Feb., 14, 1999.

Kattoulas, Velisarios. Pop Master. *Times Asia*. Nov., 17, 2002.

Kelts, Roland. Haruki Murakami: Nomadic Spirit. *Paper Sky*. 2004

Kelts, Roland. Quake II . *The Village Voice*. Sept., 24, 2002

Kelts, Roland. Up from the Underground. *Metropolis*.

Kelts, Roland. Writer on the Borderline. *The Japan Times*. Dec., 1, 2002.

McInerny, Jay. Roll Over Basho: Who Japan is Reading, and Why. *The New York Times Book Review*. Sept., 27, 1992.

Miller, Laura. The Outsider. *salon.com*. Dec., 17, 1997.

Phelan, Stephen. Found in Translation. *Sunday Herald*. Jan., 2, 2005.

Poole, Steven. Haruki Murakami: I'm an Outcast of the Japanese Literary World. *The Guardian*. Sept., 13, 2014.

Rollins, Michael. Haruki Murakami Does Seattle. *Denbushi.net*. Dec., 1997.

Thompson, Matt. The Elusive Murakami. *The Guardian*. May., 26, 2001.

Williams, Richard. Marathon Man. *The Guardian*. May, 17, 2003.

訳者あとがき

この本に出会ったのは、神保町にある「チェッコリ」という韓国書籍専門の書店・ブックカフェで店長の一人（曜日ごとに店長がいた）をしていたときのことだ。ドアを開けて一人ふらっと店に入ってきた人が、韓国で人気の作家イム・キョンソン氏だった。
店の本棚に並んでいた『村上春樹のせいで』の原書（原題『어디까지나 개인적인』直訳すると「どこまでも個人的な」という意味）にサインをいただいたのだが、店員である自分がその一冊を購入してしまった。

彼女は二〇〇〇年代はじめにコラムニストとして出発して以来、数多くのエッセイや旅行記、小説などを通して韓国の読者に新しい風を届けてきた。二〇一五年に発表されたエッセイ『態度に関して』（未邦訳、二〇一八年に改訂版発売）では、自身が生きるうえで大切にしている五つの態度（自発性、寛大、正直、誠実、公正）とそれらを実現するための究極の価値である「自由」について語り、価値観の揺れ動く韓国社会のなかで自分らしい生き方を模索する多くの人に「考えるきっかけ」を提示して話題となった。直近では、『女性として生きていく私たちに』（二〇一九、未邦訳）という交換日記形式のエッセイをミュージシャンのYozoh氏と共著で発表し、仕事や恋愛に悩み、時に生きにくさを感じている女性たちの大きな共感を呼んでいる。

本の執筆のほかにも、数多くのコラム、トークショー、ラジオ、Podcast「イム・キョンソンの個人主義的人生相談」など、さまざまなメディアを通して読者やリスナーたちに直接語りかけ、同時に読者たちが自分の人生について考え、語り始めるきっかけを与えている大変刺激的な作家なのである。

日本とのつながりも深く、本文中にもあるように幼少期と高校時代を日本で過ごしている。日本語も堪能で、東京や京都の魅力を独自の目線で紹介した旅のエッセイを出しているほか、Twitterの日本語版アカウントでは作家本人が日本語で日常のことをつぶやくこともある。本書の「日本語版のための序文」もご本人が日本語で直々に書いてくれたものだ（訳者が多少の修正を加えた）。

そして、この本を読んでもらえばわかるとおり、彼女は村上春樹の大変熱心な読者であり、二〇〇七年にはこの本の前身ともいえるエッセイ『春樹とノルウェイの森を歩く』（未邦訳）を発表しているほか、他の本やインタビューなどでも村上春樹に多大な影響を受けて生きてきたことを明かしている。村上春樹人気の非常に高い韓国においても、「村上春樹通といえばイム・キョンソン」と広く知られるほどの人物なのである。

もっとも韓国での村上春樹の人気というのはすでに定着した社会現象であり、「春樹マニア」はイム・キョンソン以外にも世代を越えて無数に存在する。韓国では一九八〇年代、民主化闘争の渦中に大学生の年代だった人々を「三八六世代」(六〇年代に生まれ、八〇年代に学生運動に参加し、九〇年代に年齢が三〇代だったという意味)と呼ぶが、その「三八六世代」が学生運動とその後の社会の急速な変容に喪失感を味わった村上春樹に深く共感し、春樹の言葉と自らの体験とを重ね合わせながら日韓の溝を乗り越える熱い読者層になっていったことはよく知られている。さらに、今ではその闘争の時代を知らずに育った次の世代、また次の世代の若者たちにまで読者の層は広がり続けている。村上春樹の作品の受け取り方というのは世代によって異なるはずだし、同世代のなかでもその受容のあり方は読者の数だけ存在するのだろう。

イム・キョンソンの場合はどうだろうか。一九七二年韓国生まれ(三八六世代の少し下)のイム・キョンソンと一九四九年日本生まれの村上春樹。生まれた年代にも場所にも多少の隔たりがあるが、二人の作家にはそれを越える共通の体験がある。ひとつは、自分が大学生だったときにそれぞれの国で学生運動を経験し、それが過ぎ去った後の喪失感を身をもって味わったこと。そして、もうひとつは自国と外国を行き来しながら、双方の社会と文化、そこに暮らす人々、そして自分自身を少し離れたところから冷静に見つめる視点を持って生きてきたことではないだろうか。

イム・キョンソンは外交官だった父親について外国を転々としながら幼少期を過ごし、初めて村上春樹の作品に出会ったその瞬間も外国人として他国（日本）で生活していた。村上春樹の場合は、初めて海外に出た時期こそ早くはないといえ、専業作家となってからの多くの時間を海外で過ごしている。外国での暮らしは、自国の狭い枠のなかで周囲から知らず知らずのうちに強要される生き方から距離をとり、自分自身に本当にフィットした生き方を見つけ出すための自由な視点を二人の作家に与えてくれたのではないだろうか。

そして、韓国に戻り、作家として活躍しながら一貫して揺らぐことのない「自分らしい生き方」を追及してきたイム・キョンソンにとって、いかなる集団にも属そうとせず、作家として個人的な生き方を選び続けてきた村上春樹の存在は、そういう共通点をふまえたうえでも運命的なロールモデルだったのだろう。

二人の作家は、社会にも周囲にも家族にも束縛されずに「個人」としての自分の人生を自由に生きること、それに必要な規律は外からの圧力によってではなく自分自身で守ることを大事にして生きている。そして、そういう生き方が決して容易とはいえない日本と韓国において、二人の作品とメッセージ、そして生きる姿勢は多くの人々に共感を持って受け入れられている。

この本は、イム・キョンソンが熱意をもって村上春樹のことばや生活の哲学を追いかけた本であると同時に、イム・キョンソンの生き方を見せてくれる本でもある。イム・キョンソンは村上春樹のどこまでも個人的な生き方をまるで栄養剤のように大胆に自分の人生に取り入れ、今日も誠実にものを書きつづけている。だれかの存在が「よりよい自分であろうとする力」になってくれるという実例を見せてくれているのだ。そんな人と人との望ましい関係がほかにあるだろうか。

訳者　渡辺奈緒子

村上春樹のせいで

どこまでも自分のスタイルで生きていくこと

2020年11月15日　初刷発行

著　者 —— イム・キョンソン
訳　者 —— 渡辺奈緒子
挿　絵 —— ハン・チャヨン
装　丁 —— 熊坂デザイン／クマサカユウタ
発行者 —— 中原邦彦
発行所 —— 季節社
〒603-8215 京都府京都市北区紫野下門前町52-2 大宮通裏
電話：050-5539-9879　FAX：050-3488-5065
http://www.kisetsu-sha.com
印刷製本 —— モリモト印刷株式会社

ISBN 978-4-87369-103-9　Printed in Japan